QUENTIN LHERMÈS

DES GRIBOUILLIS D'AMOUR

roman épistolaire

ÉDITIONS MAÏA

Découvrez notre catalogue sur :
https://editions-maia.com

Couverture
illustration : *Corinne Salvi*
–
Du même auteur
Adélitah'Blues, Éditions Maïa

Nos livres sont éthiques et durables : économes en papier
et en encre, il sont conçus et imprimés en France.

ISBN 978-2-37916-961-8
Dépôt légal : mars 2022

À Marie-Christine,

C'est cela qui s'imprimait sur la pellicule, la naïveté d'une jeune fille et ce regard où planait déjà un désir d'aventure.

Leïla Slimani, Le pays des autres

–

Comprendre, c'est oublier d'aimer. Je ne connais rien de plus faux et de plus significatif à la fois que cette phrase de Léonard de Vinci, selon laquelle on ne peut aimer ou détester une chose qu'après l'avoir comprise.

Fernando Pessoa, Le livre de l'intranquillité

I

Andantino

15 juin

Monsieur,

Depuis votre arrivée, je me pose la question : seriez-vous un chat stressé en terre inconnue, soucieux de marquer son territoire ?

En tout cas, vos polos, T-shirts, chaussettes, caleçons déjà portés que vous laissez traîner un peu partout dans votre chambre au fil des jours m'invitent à le penser.

Cela dit, à lire mon état d'âme, vous n'aurez aucune peine à deviner que je suis l'employée d'étage chargée de faire votre chambre.

Et si j'ajoute maintenant que cette pratique urinaire féline me déplaît au plus haut point, vous n'aurez là encore, je l'espère, aucune difficulté à comprendre toute la différence que je fais entre une femme d'étage et une esclave, ou encore une « bonniche » si vous préférez.

P.-S. : mot vieilli que j'emploie à souhait pour vous rappeler que certains préjugés ont la vie dure et qu'ils ont beau dater en effet d'un autre temps, il y a toujours des mâles de votre espèce pour confondre une femme avec une bonne à tout faire !

À bon entendeur,

*

16 juin

Monsieur,

À la réflexion, mon coup de sang d'hier était sans doute excessif et vous prie de m'en excuser. Mais peut-être que mon renvoi n'est plus qu'une question d'heures si vous avez déjà prévenu la direction.

Aussi je me dépêche de vous signaler mon dernier état d'âme du jour face au désordre inchangé de votre chambre.
Ce matin, Je penche plutôt pour un artiste de renom soucieux de réaliser dans le plus grand secret une performance artistique contemporaine et je réfléchis encore au titre qui pourrait lui être donné.
Je me suis donc empressée de prendre quelques photos de votre chef-d'œuvre en cours de création destiné sans doute au MUCEM, notre référence culturelle phocéenne que vous ne pouvez donc pas ignorer.
Peut-être préparez-vous d'ailleurs avec son concours une très prochaine exposition temporaire de vos œuvres ? Ce qui expliquerait votre présence.
P.-S. : pour le cas où je me tromperais toutefois, cela m'arrive souvent je l'avoue, je vous ai déposé un sac dans la salle de bain pour y rassembler vos trophées intimes et m'éviter d'avoir à le faire à votre place.

*

17 juin

Góor gi,
Décidément, je ne sais plus quoi penser aujourd'hui. Le directeur ne m'a toujours pas convoquée et vous semblez continuer patiemment à tisser votre œuvre à l'abri des regards indiscrets, excepté le mien.
Le doute n'étant plus permis, j'ai donc coché la case de l'inconnu de la chambre 3D : Artiste 'performer' de l'éternel désordre masculin, réalisant une « fresque » en l'état inachevée qui pourra se décliner sous de multiples formats de chambres d'hôtel, au gré de sous-vêtements changeant à l'infini.
À croire que je ne me suis pas trompée et que vous êtes réellement en train de produire un chef-d'œuvre qui marquera notre siècle.
Mais soucieuse de ne pas m'égarer une nouvelle fois dans mes déductions, j'ai joué ce matin les espionnes. Et à la vue de votre élégance vestimentaire, il est sûr que mon opinion est faite.

Un pantalon n'ayant visiblement pas été lavé à la bonne température et découvrant de très flatteuses chaussettes blanches.
À l'opposé, un polo-veste taille ABSOLUE qui vous donne des airs de Quasimodo dans Notre-Dame de Paris.
Sans oublier l'espèce de canotier déformé qui fait de vous un survivant poussiéreux de la Belle Époque, d'un Déjeuner sur l'herbe de Renoir, ou encore un lointain héritier de monsieur Hulot — la pipe en moins — égaré sur le Vieux-Port.
Bref, vous êtes à coup sûr cet artiste excentrique que je n'avais pas encore le bonheur de connaître mais dont le hasard m'a permis de combler in extremis cette lacune culturelle coupable.
À moins que vous ne soyez un fan invétéré d'Hervé, le jeune chanteur, jusqu'à vouloir mimer sa garde-robe dans les moindres détails ?
Aussi tant pis pour moi, je resterai l'employée d'étage que je suis et vous continuerez à ne jamais savoir remplir de votre vie un sac de linge sale. Le vôtre !
Ultime interrogation, je me demande simplement si je ne devrais pas à partir d'aujourd'hui m'abstenir de refaire votre lit afin de ne pas commettre une faute de mauvais goût, risquer d'écorner votre génie ?
Mais c'est dit, je vous le promets : je ne vous ennuierai plus avec mes états d'âme qui ont autant d'effet sur vous que les feux rouges pouvaient en avoir sur le jeune et génial Éric-Emmanuel Schmitt qui les franchissait allègrement sans même s'en apercevoir (si vous n'avez pas encore lu La part de l'autre, je vous le recommande entre tous. À lui seul, il mériterait que cet écrivain reçoive le prix Nobel).
P.-S. : soyez sûr en tout cas qu'après une troisième réclamation de votre part auprès du directeur, celui-ci saura me faire tenir promesse (me taire !) si j'avais, sait-on jamais, une fâcheuse tendance à l'oublier !

Man Astou la tud

*

Chère Astou,
Baal ma, mais votre humour wolof couleur madras a beau être des plus colorés, il ne me fait pas rire du tout. Car vous avez sans doute déjà découvert l'effet désastreux qu'il vient d'avoir sur mon destin d'artiste désordonné « du siècle » — brisé dans l'œuf. Mais peu importe, je dois vous l'avouer : je n'avais jamais rêvé à un tel avenir.
Alors ne comptez pas sur moi pour me plaindre auprès de votre directeur. D'abord, ce n'est pas dans mes habitudes et de toute manière c'est désormais inutile. Je pense qu'à partir de maintenant vous n'aurez plus rien à reprocher au mâle de la 3D et que vous le laisserez tranquille jusqu'à la fin de son séjour.

CQFD : Oubliez-moi !

*

19 juin

Psst,
J'ai vu en effet l'effort herculéen que vous avez accompli et qu'il faudrait songer à inscrire dans le Guinness des records de l'année. Même s'il reste en tous points comparable à celui que ma mère m'avait appris à faire au quotidien quand j'étais petite fille pour le rendre supportable même aux oubliés du bodybuilding. Un peu comme un simple brossage de dents qui n'a rien de titanesque, vous en conviendrez. Il est vrai que ma mère... Mais j'ai déjà trop parlé et n'allez surtout pas croire que je dise ça pour vous inciter maintenant à forcer davantage sur le dentifrice. C'était juste une image.
Bon séjour.

Astou

*

Vive l'été !
Il est vrai que votre mère... ?

G.

*

22 juin

Bonjour,

Là, j'avoue avoir du mal à vous suivre, monsieur l'inconnu G. Il y a deux jours vous ne vouliez plus entendre parler de moi, et voilà que vous cherchez aujourd'hui à me faire avouer des choses que je préférais taire pour respecter votre désir CQFD. Mais puisque vous y tenez, tant pis pour vous. Je disais... « Il est vrai que ma mère », à l'inverse, mettait beaucoup de poids, de valeur si vous préférez, dans le respect de ces petites tâches ménagères de tous les jours qu'elle rabaissait malgré tout, sans vouloir vous offenser, au rang de seconde habitude dont il n'y avait pas lieu de faire une bouillabaisse marseillaise, qui demeure par contre LA spécialité culinaire locale incontournable.

Aussi, « telle mère telle fille », sachez que j'admire davantage les hommes capables d'accomplir de tels efforts minuscules que leurs éventuelles tablettes de chocolat.

Ba beneen yoon !

A.

*

Bonsoir,

Confidence pour confidence, arrivé là, j'avoue moi aussi ne pas trop savoir que penser de vous.

Je crois flairer peu à peu le canular sous le registre plutôt soutenu de vos paroles émaillées de références culturelles qui ne s'inventent pas. Elles ne collent vraiment pas avec le rôle d'employée d'étage qu'elles vous attribuent.

Bien entendu, n'allez pas vous dépêcher de prendre ombrage de ce que je vous dis là. Si vous pouviez m'épargner un nouvel état d'âme qui m'imaginerait dans la peau du raciste primaire après m'avoir prédit une carrière artistique inédite. Vous ne feriez que faire erreur une nouvelle fois sur mon compte.

Sauf que je ne peux m'empêcher de penser à « la bande », mes amis et collègues les plus proches, à mesure que je vous

lis. Et pour cause ! Juste histoire de me faire mentir, elle cherche depuis quelque temps à me marier coûte que coûte, feignant les désespérées inconsolables face à mon célibat endurci. Et je ne serais pas étonné plus que ça qu'elle ait profité de ce dépaysement loin de Paris pour me tendre un nouveau guet-apens d'envergure !
Alors dites-moi, Astou ! En toute franchise, seriez-vous une nouvelle complice de la bande ?

Gianni

*

26 juin

Oups,
J'espère que vous ne vous êtes pas rongé fiévreusement les ongles face à mon silence. J'en serais bien ennuyée car la raison en est toute simple, le vendredi est mon jour de repos. Aussi, je ne ferai pas durer le suspense plus longtemps afin de sauver la beauté de vos mains s'il n'est pas déjà trop tard.
En vérité, vous êtes en tous points admirable !
Voilà qu'après avoir été fortement impressionnée par votre brève destinée d'artiste performer, je ne le suis pas moins par vos talents hors pair de détective. N'êtes-vous pas, sous le regard pieux de notre Bonne Mère, la réincarnation inattendue de notre regretté « inspecteur Colombo », notre Peter Falk du nouveau siècle, rajeuni et relooké qui ne pourra que garantir le succès d'une nouvelle série télévisée originale ?
Pardi ! Le lieutenant Gianni, avec ses pantalons trop courts et ses chaussettes blanches !
Là, je suis scotchée. Démasquer en si peu de temps votre bande d'amis à partir du plus mince indice dont vous disposiez relève d'une grâce de naissance. Vous êtes un surdoué !
Qu'une employée d'étage ne puisse être en effet qu'un être inférieur, un larbin inculte et ne sachant que baragouiner, il fallait déjà y songer ! Mais y songer en toute innocence, là, on atteint l'exploit entre tous !
Tiens donc, « et n'allez surtout imaginer qu'il se glisse dans

cette idée de l'employée d'étage la moindre perversion de pensée, le moindre racisme, ou vous ne feriez que vous tromper une nouvelle fois sur mon compte ».

C'est qu'il s'exprime bien dans la langue de Molière le nouvel inspecteur de police télégénique, puisque c'est bien connu, n'est-ce pas, le mépris, l'insulte de classe est une pure invention d'esprits chagrins et rien d'autre. Lieutenant Gianni le magnifique !

Ah ! Comme je me sens honteuse, par comparaison, de m'être rendue coupable d'un guet-apens aussi grotesque.

Adieu,

A.

P.-S. : vous êtes trop fort, je n'ai plus qu'à disparaître de votre vie, rattrapée moi aussi par un destin éphémère de complice en bande... organisée.

*

Chère « imposteuse »,

Un immense merci pour ce long silence que vous m'avez offert. Est-ce possible ? Pouvais-je mériter une telle faveur de votre part en rentrant ce soir d'une escapade dans les calanques de Cassis et ses falaises, où je voulais découvrir le point de vue inoubliable de son « cap Canaille ». Trois jours et toujours pas de nouveau billet d'humeur qui m'attende sur le petit secrétaire de ma chambre.

C'est inouï et je ne vais pas m'en plaindre.

Votre soudain mutisme me repose de votre langue persiffleuse et m'évite une nouvelle condamnation assassine. Mais dites-moi, pourquoi sous le masque du mal, puisque je fais tout de travers à vos yeux, me traitez-vous toujours du pire ? N'est-ce pas là au contraire l'insulte la plus sournoise, sa forme la plus détestable ? Pourquoi donc me prenez-vous toujours en haine par la faute d'un regard déformant au lieu de me voir tel que je suis en vérité : peut-être arrogant, insolent, cynique si vous préférez, mais certainement pas méprisant, insultant, raciste, que sais-je encore ?

À moins que la fatigue de ce soir me fasse soudain prendre trop au sérieux vos moqueries bon enfant qui trahissent davantage un esprit malicieux si ressemblant à celui de la bande que j'adore, n'en doutez pas, plutôt qu'une réelle intention de me faire du mal.
Mais de toute manière j'ignore la rancune et ne suis pas boudeur, alors j'ai déjà oublié votre farce préméditée, votre complicité… en bande organisée !

G.

*

28 juin

Oh là là !
Monsieur est aussi philosophe qu'il jette tout à coup un écran d'encre, des paroles, des jeux de mots trop subtils qui me tournent la tête pour fuir les remarques qui le dérangent ?
Me faut-il croire que j'ai encore touché juste où ça fait mal, ne vous en déplaise ? Et moi qui suis si susceptible si vous ne l'êtes pas, j'aurais là une excellente excuse pour m'enfuir immédiatement.
Quel grossier personnage êtes-vous en vérité, lieutenant Gianni !
Mais je crois qu'il est temps d'arrêter là ce petit jeu des billets aigres-doux qui m'a bien amusée. Je montre mon ventre de femelle au félinné que vous êtes puisque j'ai beau tenter de vous déstabiliser, vous finissez toujours par retomber sur vos pattes !
Et sincèrement désolée pour cette blague toute personnelle que je vous ai faite puisqu'en réalité je ne connais toujours pas à cette heure votre bande d'amis.
CQFD : je veux bien en faire partie.

A.

P.-S.1 : si toutefois elle accepte les métisses…
P.-S.2 : en plus de mon service d'étage, j'ai dû remplacer au pied levé une collègue malade du 1er ces trois jours, donc adieu les billets d'humeur, je n'avais pas le temps !

*

Perfide Astou,

... aux yeux de qui je suis le diable incarné ; mais Astou la divine, combien spirituelle.

Laquelle des deux me plantera la prochaine banderille, après ce cessez-le-feu d'opérette ?

Je ne veux pas répondre, je refuse de choisir, sûr que vous me blesserez dans les deux cas.

Car me faire le coup du philosophe obscur, du grossier personnage parce que vous n'êtes ni plus ni moins qu'à court d'arguments, là vous atteignez les sommets de la mauvaise foi.

C'est qu'Astou la divine n'en demeure pas moins trop passionnée qu'elle finit par trahir elle aussi. Elle a le sourire triste, elle peine encore à gommer ce pli d'amertume, de perfidie, au coin des lèvres.

Aussi je suis fort désolé et pardonnez ce pastiche un peu facile, mais « couvrez déjà ce ventre que je ne saurais voir ». Si vous aviez vraiment touché encore une fois où ça fait mal, je suis bien sûr que vous m'auriez donné un nouveau coup de griffe bien acéré au lieu de me découvrir cette partie si vulnérable de votre anatomie.

Après quoi, peu m'importe que vous me traitiez maintenant de « Tartuffe ». Molière a su lui donner en son temps ses lettres de noblesse.

Mais vous ? Faire partie de la bande ? Sachez que métisse ou pas, la couleur de votre peau n'est pas en cause, je dis ça, je dis rien : jamais de la vie !

G.

*

30 juin

Arrêtez de déclamer des vers, lieutenant Gianni, c'est la fin de la pièce, le rideau est tombé.

Redescendez sur terre. Je vous ai dit que je ne jouais plus.

Dites-moi plutôt ce que vos écouteurs offraient à vos oreilles ce matin quand vous avez quitté l'hôtel, vous sembliez bien excité et, tant que j'y suis, quel est votre véritable métier en dehors de vos vacances au Bell'Vue ? Enfin, si toutefois vous n'avez pas rompu les amarres et ne naviguez pas à cette heure vers de nouveaux horizons, loin de votre « picador » sanguinaire. Je l'admets volontiers, c'est tentant quand on a cette vue imprenable sur le Vieux-Port !

A.

*

À madame, qui a les pieds sur terre,
Vous ne voulez plus jouer, c'est votre droit. Ne jouons plus. Mais pourquoi voulez-vous maintenant à tout prix me voir fuir après m'avoir imaginé en délateur ? Parce que je vous ai dit que vous n'étiez pas de mes amis et ne le serez jamais ? Alors que rien ne m'empêche d'avoir sans doute comme vous d'autres fréquentations tout aussi respectables. Ne soyons pas des intégristes de l'amitié. C'est le plus sûr moyen de préserver nos chances de la voir naître un jour entre nous, n'est-ce pas ? Et si nous poursuivions, sérieux, une fréquentation épistolaire banale, terre à terre, telle que vous semblez la souhaiter ? Je suis partant car le petit grain de sel qui fond sur votre langue donne une saveur inattendue à mon séjour.
Ce matin, disiez-vous, j'écoutais LOVE de Nat King Cole, c'est ma drogue du moment. Et minute papillon, puisque vous désirez « tout » savoir de moi, me voir nu ! Je ne suis pas tout à fait en vacances, même si le métier me plaît, mais en mission pour un film. Je fais des repérages dans la région en bon petit AR (assistant-réalisateur) que je suis.
Voilà madame l'employée d'étage au sourire triste. Je ne suis ni l'artiste du siècle ni la jeune réplique de Peter Falk pour téléphiles nostalgiques.
Pas trop déçue ?

Gianni
Mon prénom est authentique

*

3 juillet

À monsieur l'idéaliste contrarié,

C'est exactement ça, pas trop déçue !

Nat King Cole ? Connais pas, vous me raconterez... Moi, en ce moment, je suis plutôt « Prince du Sahel » — Abass Abass — pour me mettre en transe !

Et reconnaissez déjà que je ne m'étais pas tout à fait trompée. Vous travaillez malgré tout dans le monde de l'art à défaut d'y faire une carrière bien en vue, tant il est vrai que je n'ai pas souvenir d'AR ayant crevé l'écran !

Cela dit, je m'aperçois qu'à l'inverse de moi, vous ne souhaitez pas plus que ça connaître ma vie intime en me tenant à distance « respectueuse » de vos amis. Aussi je vais faire un peu les questions et les réponses à votre place. Vous dévoiler un peu de moi, préparez-vous !

Vous apprendre déjà, par exemple, ce que je « fabrique » au Bell'Vue. En vérité, la sociologue que je suis pour ma part s'y trouve en immersion totale depuis plus de six mois. Je voulais voir l'envers du décor, éprouver de l'intérieur la vie d'une femme de chambre* comme ma mère l'a été durant toute la sienne.

* Puisque seul le nom a changé avec le temps !

Ce sera tout pour aujourd'hui.

Mademoiselle Astou

Une métisse pure sucre de canne

P.-S. : si ce n'est pas indiscret, quel genre votre film ?

*

Chère mademoiselle P.-S.,

C'est indiscret ! Vous êtes indiscrète !

On ne vous l'a jamais dit ? Vous entrez dans ma vie sans frapper avec vos états d'âme incendiaires et après vous me demandez d'une toute petite voix de sociologue si vous ne l'êtes pas ! Touchant.

Pour « mon » film, juste une brochette d'indices pour tenter de dompter votre curiosité invasive : Colombo, 2, La Provence (pas la région), non élucidée...

G.

P-S1 (modèle déposé Astou) : trop sérieux, vous ne connaissez pas LOVE de Nat King Cole ?

P-S2 (mdA numéroté !) : Il n'y a pas de honte à faire femme de chambre toute sa vie ; quand je vous dis que vous avez le sourire triste...

*

5 juillet

Monsieur « trop sérieux » qui connait tout,

Là, dites-moi, vous me faites marcher ? Vous allez tourner un film sur notre serial killer phocéen introuvable ? Un thriller en somme ? Dans ce cas, je comprends mieux. Les lunettes noires que vous portez jour et nuit, c'est encore du mimétisme. C'est sûr que votre culotte courte et vos chaussettes blanches mises à part (oui, j'insiste, c'est trop classe), ça vous donne une tête de tueur !

A.

P.-S.1 : il n'y a pas de honte à ignorer Nat King Kole, si je vous ne l'ai pas encore dit.

P.-S.2 : il y en a par contre dans votre question nauséabonde, horriblement prétentieuse. Connaissez-vous seulement Abass Abass ?

P.-S.3 : Allez au diable si vous n'êtes pas son incarnation ou réincarnez-vous en caméléon ! Moi je retourne à ma transe sénégalaise.

*

P-S4 : je voulais juste vérifier que vous ne mentiez pas. Mais là, c'est incontestable : vous êtes bien trop susceptible !

P-S5 : vous devriez me remercier de vous avoir tenue à distance de mes amis puisque je suis infréquentable, mais vous ne le ferez pas.

G.

*

Coucou !
Toujours en transse ?

L is for the way you look at me
O is for the only one I see
V is very, very extraordinary
E ...

Un *thriller*, en effet, vous avez deviné juste. Mais désolé, votre serial killer avec ses deux malheureuses victimes à son compteur, si j'ose dire, risquerait bien d'être recalé au casting. Un débutant en somme au royaume du polar haletant quand les foules du petit et du grand écran réclament de nos jours plus de sang, plus de cadavres.
D'ailleurs, ce n'est pas à une sociologue que je vais expliquer ce nouveau culte de l'atroce chez le spectateur ou le téléspectateur d'aujourd'hui, vous le savez mieux que moi. Rien de mieux, pour satisfaire ses appétits d'horreur, qu'une barbarie importée de la jungle urbaine qui n'a plus rien à voir avec la forêt luxuriante de Tarzan et son Johnny Weissmuller des années 30 à la musculature légendaire. Mais, vous l'admettrez, une barbarie autrement plus efficace : les doses de frayeur offertes sont à ranger parmi les drogues dures.
Sachez encore, pour l'anecdote, que mon réalisateur est un maître du genre, mais ne le répétez surtout pas.

G.

*

8 juillet

Bons repérages Barbe-Bleue !
Personnellement, je suis plutôt comédie sentimentale. Voyez, tout nous oppose, aussi je suis trop heureuse : MERCI, MERCI, MERCI de m'avoir épargné votre amitié !
P.-S. : conseil utile de non amie, sachant que les « foules » dont vous parlez représentent au mieux 5% des spectateurs

du septième art dans notre petit hexagone et dans le monde (selon une enquête très sérieuse d'UNIFRANCE), je ne miserais pas toute ma carrière sur des thrillers !

La sociologue…
à qui vous n'avez pu vous empêcher d'expliquer
ce qu'elle était censée savoir.
No comment.

*

E is even more than anyone that you adore can
Love is all that I can give to you…

Je vous rassure, ma carrière n'est pas toute ma vie contrairement à la vôtre, me semble-t-il. Autrement, puisque vous êtes très comédie sentimentale, vous m'auriez déjà parlé de votre amoureux si divertissant, hilarant à souhait, avec lequel vous ne pouvez que vous entendre à merveille comparé à moi, n'est-ce pas ?

G.

*

10 juillet

Mister crooner,
Ah ! c'est donc ça, mais où avais-je la tête ?! Les vocalises jazzy que vous semez entre les lignes de notre correspondance sont, elles aussi, en filigrane infalsifiable, des brochettes d'indices pour me faire deviner que votre vie sentimentale, tout à l'opposé de la mienne — parfaitement épanouie, il va de soi — est au point mort ?

Votre divine Astou,
pour vous être agréable

*

Divine… comédienne,
C'est vrai que je ris de bon cœur à vous lire ! Mais cessez vos enfantillages ma chère et si agréable Astou qui ne vouliez

soi-disant plus jouer, je ne digère pas le sirop trop sucré des romances à l'écran. Alors n'insistez pas. De même que pour mon job, vous ne saurez rien de plus de mon jardin intérieur que vous ne sachiez déjà. À chacun ses choix de vie puisque tout nous sépare. N'en parlons plus ! Et si nous n'avons plus rien d'autre à nous dire, taisons-nous, n'est-ce pas :

Love is more than just a game for two...

Je m'absente deux jours, un aller-retour sur Paris pour des raisons professionnelles.

G.

P-S : s'il vous plaît, parlez-moi du silence !

*

12 juillet

Pas question d'être le clone ou la copie
d'un Autre, quel qu'il soit.
J'ai tout simplement décidé d'être
mon propre personnage,
parce que les autres étaient déjà pris.

Le prince du Sahel

*

13 juillet

Le silence est une longue attente
une main tendue vers un visage
dont la bouche est absente
une parole dont le souvenir se dérobe
Le silence résonne
comme un espoir déçu
insurmontable

A.

P.-S. : le silence, c'est la tristesse qui s'insinue en moi ; s'il vous plaît, n'en parlons plus.

*

Je suis revenu ; je vous ai lue ; j'ai été ému. Votre tristesse poétique — digne d'un spleen baudelairien — me laisse sans voix.
Faut-il que mon absence vous ait tant pesé !

G.

*

15 juillet

Ave César Gianni,
De grâce, cessez de pasticher et dispensez-moi déjà de ces rimes frelatées en « u », car rien ne vaut la VO en latin (*Veni, vidi, vici*, ça ne s'imite pas, avouez-le !).
D'autant que je n'en crois pas un mot. Dois-je vous le répéter, je vous l'ai déjà dit : n'en parlons plus ! Aussi, oubliez ce que j'ai pu écrire quand vous êtes parti au lieu de succomber bêtement sous mes yeux à un petit vertige émotionnel, un faux-semblant pour me tirer des larmes. Je ne sais pas pleurer.
Mais surtout, vous avez mieux à faire si votre égocentrisme tout enfantin vous persuade que votre absence m'a follement pesé ! Dépêchez-vous, courrez dans une pharmacie, demandez des pastilles, soignez votre aphonie. Ou rompons cette fois pour de bon si vous n'avez plus rien d'autre à m'offrir à votre retour qu'une vulgaire page blanche.

A.

P.-S. : mention spéciale pour votre « spleen baudelairien ». Il faut bien que je vous trouve quelques qualités, même si celle-ci fait un peu collector. Quel jeune connaît aujourd'hui ce poète maudit ?

*

À mon infirmière à l'œil sec,
Sous vos costumes de scène, ne seriez-vous pas une femme-orchestre en vérité ?
Tour à tour employée d'étage, sociologue, poétesse à vos heures avant d'être promue infirmière à l'instant, il n'y

a pas à dire : vous enchaînez les rôles avec une aisance déconcertante.
Ce n'est plus du talent, c'est un don, du génie !
Promise, vous l'êtes, et rien moins qu'aux premiers rôles ! Je n'ai même plus aucun mal à vous imaginer dans la peau du plus improbable d'entre eux au cinéma, sur grand écran standard IMAX.
Suivez mon regard !

Votre patient reconnaissant,

P-S1 : cette idée de rupture entre nous n'est-elle pas en train de tourner à l'obsession sur vos lèvres ?
P-S2 : m'aiderez-vous à soigner mon égocentrisme tout enfantin ?

*

17 juillet

À mon flatteur-né,
Il faudra me donner la marque de vos pastilles, elles ont été d'une rare efficacité !
Sauf que votre voix à peine retrouvée, vous avez beau me conseiller de suivre votre regard pour découvrir mon destin de star insoupçonné, comment le pourrais-je puisque jour et nuit vous dissimulez vos yeux derrière des lunettes noires ?

Votre infirmière toute dévouée

vP.-S.1 : vous avez raison ! Plus j'y pense, plus j'ai l'impression de faire fausse route avec vous.
vP.-S.2 : désolée, mais il est incurable.

*

Bravo chère infirmière en chef pour votre sagacité !
Il est exact qu'aux échecs, le coup des lunettes noires m'aurait valu tout bonnement un « mat » indiscutable !
Et sincèrement désolé à mon tour, mais je n'y peux rien si votre ciel du Sud se montre beaucoup trop lumineux pour mes pauvres yeux habitués aux salles obscures.

Gianni l'incurable

P-S : puisque vous avez l'impression de faire fausse route avec moi, seriez-vous prête à emprunter celle du bout du monde qui mène à l'Esplaï, du Grand Bar des Goudes, afin d'y déguster une des meilleures bouillabaisses de Marseille à en croire Le Bonbon, un site gastronomique que je viens de trouver sur Internet ? Les Goudes, c'est magique… paraît-il, toujours d'après le site.

*

19 juillet

Ô galant homme,
Si sensible à votre délicate attention, moi qui vous croyais… vert galant, mais j'ai oublié de vous dire : j'ai bien peur que votre mal ne soit aussi contagieux. Aussi je n'ai nulle envie de retomber dans l'enfance au bout du monde à votre contact, même si l'invitation a de quoi donner l'eau à la bouche. En tout cas, je confirme, le lieu est idéal et la table authentique ! Une autre fois peut-être, si par miracle vous guérissiez un jour de votre nombrilisme infantile, je confirme ça aussi !

A.

*

Bonne Fée,
Vous ne croyiez pas si bien dire car le miracle que vous appeliez de vos vœux s'est produit ce lundi soir, après avoir consulté votre « ordonnance » ! Aussi je vous attendrai jeudi au bout du monde, face à la mer, à 20 heures. Vous n'avez plus d'excuse.

G.

P-S1 : lunettes noires de rigueur, because en tête-à-tête je suis éblouissant, même les nuits de nouvelle lune !
P-S2 : je m'absente encore deux jours ; le numéro de téléphone au dos de ce billet, c'est juste pour éviter cette fois que la tristesse ne s'insinue en vous à cause de mon silence ! Aux premiers symptômes, appelez-moi ou laissez-moi un message. Je vous répondrai.

*

mar 20 juillet 22:03

vP.-S.1 : ... vous ne croyez pas si bien dire. Je m'en suis rendu compte dès la première fois où je vous ai vu sortir de votre chambre. Figurez-vous que depuis ce jour fatidique j'ai les yeux qui me picotent et qui larmoient. Sans doute une sévère conjonctivite que je soigne à grand renfort de collyre. Vous êtes plus qu'éblouissant, carrément aveuglant, même à distance ! ak

*

mer 21 juillet 07:34

vP.-S.2 : SOS = Sans l'Ombre d'un Symptôme... à l'horizon ! Mon numéro d'appel, c'est juste pour vous éviter également une mortelle solitude demain soir, car je suis prête à parier que vous ne me verrez pas ! Je suis de nature à passer inaperçue, le genre beauté furtive, à l'inverse de la vôtre. Encore un point de rupture entre nous.
Mais si je gagne mon pari, je vous promets que vous aurez droit à un lot de consolation ! ak

*

jeu 22 juillet 20:37

Bien joué ! Lorsque le serveur est arrivé avec un petit paquet noir à la main, j'ai tout de suite compris que j'avais perdu. Et à la façon dont il patientait devant la table, je n'ai pas pu faire autrement. J'ai ouvert le papier cadeau ton sur ton et j'ai sorti les paires une à une avant de les disposer en éventail dans l'assiette vide qui me faisait face. Puis je lui ai lu ce qui était écrit sur le bandeau du semainier : *7 paires de chaussettes noires en fil d'Écosse différenciées par une fine couture de remaillage de couleur au niveau des orteils. Une paire de chaussettes dédiée à chaque jour de la semaine.*
Et puisqu'il semblait hypnotisé par mon déballage et ma lecture, j'ai prolongé la magie du moment en lui avouant qu'elles étaient mes seules invitées et que je n'attendais plus

personne. Si vous aviez vu la forme de ses yeux à cet instant ! Arrivé là, le doute n'est plus permis, une nouvelle rupture est consommée entre nous : la couleur de mes ch07, et je suis impatie

*

jeu 22 juillet 20:44

Impatient ??? De faire quoi ??? ak

*

jeu 22 juillet 20:51

Votre message inachevé, c'est parce que vous avez avalé une arête malencontreuse et que votre soirée inoubliable au bout du monde est en passe, hélas, de s'achever aux urgences ? ak

*

jeu 22 juillet 21:13

À moins que vous ne veniez de vous faire enlever par une sirène qui a brusquement émergé du bord de plage, toute ruisselante, dans sa longue robe d'écailles pailletée ? ak

*

jeu 22 juillet 23:15

La rupture numérique entre nous, c'est vrai que celle-ci m'avait échappé ! Alors bonne nuit dans les bras de votre ravisseuse pour le moins accaparante. Je ne peux quant à moi résister aux bras que me tend mon amoureux « si divertissant, hilarant à souhait ». Dernière confidence sur l'oreiller si je ne vous l'ai déjà dite : son petit nom commence par un M et se termine par un E. Lui au moins a la fidélité du poisson-ange, du Gorfou sauteur ou du pygargue à tête blanche. Tout le monde ne peut pas en dire autant, n'est-ce pas ? ak

*

ven 23 juillet 08:27

Mademoiselle Pygargue,

Faut-il y voir l'effet tout en douceur des chaussettes en fil d'Écosse ou de la beauté renversante de la sirène des Goudes ? Entre les deux, mon cœur hélas n'a pas eu le plaisir de balancer. Les premières m'ont étourdie et la seconde en a profité pour me faire les poches ! Enfin elle aurait pu, les histoires de sirènes se moquant bien des frontières entre le rêve et la réalité. J'ai tourné en rond dans ma chambre toute la nuit mais le cauchemar a pris fin ce matin quand La compagnie de taxis a fait rapporter mon portable à l'hôtel. Faut-il que votre semainier me porte la baraka… ! Il y a quelques jours, je m'étais fait expliquer sur la Canebière cette expression chantante bien de chez vous.

G.

P-S : le k de ak ?

*

ven 23 juillet 08:55

Pour le reste, rien qu'une suite de petites coïncidences qui ont rompu le charme de la soirée et j'en suis chagriné, je vous le jure. Mon portable déchargé sur le point de s'éteindre, je n'ai eu que le réflexe de taper sur le bouton d'envoi. Et après, impossible pour moi de lire vos messages avant ce matin 8h20, le temps que je le branche sur mon ordinateur.

G.

*

ven 23 juillet 09:39

Astou Keïta, maintenant vous savez tout monsieur Tête de linotte.

*

ven 23 juillet 23:55

P-S1 : ah oui, j'allais oublier le plus important !

Jeudi soir, j'allais écrire impati…ent de tresser toutes ces ruptures qui nous éloignent l'un de l'autre en une corde incassable : celle d'une amitié aléatoire, défiant toutes les lois de la pesanteur ! Si, si, je ne dis pas n'importe quoi, ce mot, c'est la seule chose marquante que j'ai gardée de mes années scolaires, de tous mes cours de maths, parce que j'avais enfin trouvé ce que je cherchais, le sens réel que je voulais donner à ma vie. Une vie à la fois simple mais sans train-train qui tiendrait tout entière en un mot, dans ce mot. Une vie qui échapperait à toutes les statistiques, qu'on ne pourrait pas prédire, une vie unique, comme vous l'êtes. Le Prince du Sahel a raison : vous êtes la copie d'aucune autre, vous êtes inimitable, je confirme à mon tour. La preuve est là

*

ven 23 juillet 23:59

… toute simple elle aussi, et pourtant inédite. Qui d'autre que vous, mademoiselle Keïta, pouvait m'offrir tout au bout de la route du bout du monde un arc-en-ciel de fines coutures de remaillage sur fond noir ?!

G.

P-S2 : voulez-vous devenir mon amie ? Ma véritable amie ? Mon Amie ?

*

sam 24 juillet 05:54

On se calme le matheux aléatoire !

Je dois déjà soigner une conjonctivite allergique à cause de vous, aussi ne recommencez pas à me torturer l'esprit avec vos idées trop sophistiquées. Si vous insistez de la sorte, je vais déclencher une migraine chronique. Et ne venez pas ce vendredi matin me parler d'amitié avec une majuscule, j'ai trop peur. Trop peur, à cause d'elle, de finir ma vie aveugle au fond d'un lit avec une poche de glaçons sur la tête.

N'auriez-vous pas trop joué avec la neige cette nuit, des fois…, car il paraît, même si je n'en crois pas un mot, que le milieu du cinéma ne se contente pas toujours de la regarder tomber,

même en début d'été ? Dites-moi plutôt votre nom ce vendredi, sans plus, celui que vous portez dans votre vie ordinaire, quand vous avez les pieds qui effleurent les pâquerettes au lieu de rêver d'apesanteur !
Votre amie dubitative... sans majuscule,

*

sam 24 juillet 06:02

Gianni... Esposito : patronyme très ordinaire dans la région napolitaine, en Italie et... à Marseille, paraît-il !
Je vous laisse découvrir son histoire sainte sur Internet.
P.-S. : ne me laissez plus de message de la journée, je ne les lirai pas. Je vais me calmer en faisant le vide entre nous.

*

25 juillet

« L'enfant trouvé » qui ne boude jamais aurait-il pris la mouche ?
Et pour le cas où mon dernier message aurait ajouté par hasard un peu d'énervement à votre excitation, je suis revenue par précaution à la formule papier, voyez-vous, qui remet chaque jour un grand vide de 24 heures entre nos messages et ne pourra donc que favoriser votre retour au calme.

A.

P.-S.1 : j'ai trouvé votre histoire sainte originale, en espérant toutefois qu'elle ne soit pas autobiographique.
P.-S.2 : je vous ai taquiné ce samedi, pardonnez-moi, mais c'est juste parce que tout ce que vous m'avez raconté sur le sens parfait — mathématique — que vous vouliez donner à votre vie, rien que ce mot aléatoire a remué de pénibles émotions chez la non-matheuse que je suis, mais alors pas du tout : c'est la faute à Voltaire, je suis une littéraire !
P.-S.3 : si on n'a jamais rien en commun, la corde incassable que vous me promettez de tresser entre nous risque bien d'être celle de la folie pure, non ?

*

dim 25 juillet 20:23

Je suis calmé. 1. 2. 3. Soleil !

1. pas que je sache, ou mes parents m'ont menti, même si je parais un enfant perdu à vos yeux.

2. là, ça se gâte vraiment entre nous ! Le fameux grain de sable, nous y voilà...

3. je vous donne peut-être des migraines avec mes idées sophistiquées, mais reconnaissez que les vôtres ne sont pas mal non plus, vous ne trouvez pas ? Aller redouter la folie quand je parle de la meilleure des amitiés, il fallait en effet y penser. Et vous l'avez fait ! Cela pourrait être le premier point commun entre nous, ces idées sophistiquées !

G.

*

dim 25 juillet 23:53

... premier point commun qu'on pourrait partager sur le Vieux-Port ou ailleurs puisque vous êtes invisible au bout du monde.

P-S : vous me reconnaîtrez sans peine en terrasse, je porterai une fine couture de remaillage de couleur au niveau des orteils.

*

27 juillet

Monsieur Esposito,

Si l'élégance, la discrétion se met à gagner vos orteils, vous pourriez en profiter par la même occasion pour vous défaire de vos gros sabots, ce qui vous permettrait de me surprendre en arrivant sans bruit sur la pointe des pieds dans mon dos. Osez le mocassin ou mieux la sandale de saison, le style Grec, tendance, vous êtes grand, avec ou sans chaussettes ; plutôt sans, je vous reconnaîtrai quand même.

Mam'zelle Keïta

*

mar 27 juillet 19:45

D'accord pour les sandales grecques si vous rompez également pour une fois avec votre beauté furtive ! J'attends les coordonnées GPS du lieu idéal que vous aurez trouvé pour y faire mes premières pointes !
P-S : autant vous prévenir : je n'ai aucun lien de parenté avec les danseurs étoiles et je risque bien de vous marcher sur les pieds au lieu de vous surprendre.
L comme lucide

*

28 juillet

À mon danseur étoile fébrile,
J'adore ! Sans compter que votre lucidité m'honore. Est-elle aussi éblouissante que votre beauté en tête-à-tête ?
Je vous propose un lieu naturellement sophistiqué au vallon des Auffes, le restaurant s'appelle l'Épuisette ; je serai libre ce vendredi midi, ils n'ouvrent pas le soir il me semble.

A.

*

mer 28 juillet 19:27

C'est cela, moquez-vous de moi ! Impatient oui, mais nullement fébrile. Adresse bien notée, je réserve, et c'est presque irréel que vous ayez accepté : après le bout du monde, une vue imprenable sur la Méditerranée. Tout un programme. Vous êtes un guide touristique incontournable !
MPP
P-S : j'ai lu sur le site que le chef cuisine à l'instinct des plats emblématiques. Je salive déjà.

*

29 juillet

Le vallon des Auffes est idéal en tout cas pour fêter… notre amitié naissante, parce que votre histoire d'idées sophistiquées en commun, c'est un peu tiré par les cheveux, vous ne trouvez pas ? Surtout que je le suis nettement moins que vous dans ma tête. Je suis plus réaliste, c'est tout. Les littéraires, ça sert à ça : à faire redescendre les matheux sur terre de temps en temps ! Car je ne veux rien dire, mais si on n'a rien à commun à partager il faudrait être fou pour croire qu'on peut devenir amis. Je n'ai rien dit d'autre, rien de sophistiqué, rien qu'un peu de bon sens ordinaire ! Ça doit tenir à mon âge avancé car j'ai vraiment l'impression que vous êtes un gamin avec votre recherche de vie absolue. Relisez Balzac et vous verrez le destin qui fut réservé au vieux Balthazar Claës à vouloir courir après le sens aléatoire de la vie, c'était à peu de chose près la même recherche que la vôtre. Pour ma part, la déchéance ne me tente pas plus que ça !

Votre grand-mère

P.-S. : MPP ?

*

jeu 29 juillet 23:56

Ma...mie,

Je me dépêche avant minuit. Après, le charme risque d'être rompu !

J'ai cru comprendre, à travers votre savante littérature alambiquée, je n'ai pas dit sophistiquée, que la seule chose qui vous intéressait en ce moment sur terre, c'était mon âge ! Aussi je m'empresse de satisfaire votre curiosité afin que vous puissiez vous endormir comblée dans les bras de votre tendre... MorphéE ? Il est incontestable que vous méritez pleinement un tel amoureux toujours fidèle au lit !

J'aurai 33 ans en décembre prochain, à croire que mes parents eux aussi avaient joué avec la neige à l'approche de Noël, espérant sans doute qu'ils toucheraient du doigt l'éternité en me mettant au monde !

Votre gamin de la dernière heure

P-S : MPP = même pas peur !

*

ven 30 juillet 12:31

Ohé grand-mère marmotte,
Je suis arrivé à midi pétante à l'Épuisette, même si cela ne me ressemble pas ! Je suis à la bonne table que j'avais réservée à votre nom, le cadre est enchanteur et il ne manque plus que vous pour lui donner sa touche aléatoire !
Est-ce que notre rencontre prévue ce jour vous aurait plongée dans un rêve si captivant qu'il a prolongé votre nuit en grasse matinée et vous a rendue sourde au réveil ? En espérant que mon appel parvienne à vous tirer in extremis de votre profond et délicieux sommeil, engourdissant, que je vous envie à cet instant !
La carte est somptueuse. J'ai commandé une première coupe de champagne et je bois à votre santé pour célébrer ce moment d'exception et faire patienter l'armée de serveurs et de serveuses qui s'active. Ne tardez pas trop svp si vous ne voulez pas me retrouver un peu brumeux sous la table encombrée de coupes vides !
G.

*

ven 30 juillet 12:49

... Allo, allo ? Petite souris de la montagne ?
J'ai dû me résoudre à passer commande car la serveuse de notre table commençait à montrer des signes d'agressivité. J'ai pris le menu Fanny car je finis moi aussi par perdre espoir. J'en suis aux prémisses, mais, non, je ne parviens pas à le croire. Mon âge vous a-t-il enchanté à ce point qu'il vous a plongé dans un tel sommeil ?
Toujours est-il que celui-ci risquerait bien de gâter le goût de l'aspic de bouillabaisse annoncé, du poulpe de la baie en fraîcheur et du homard petits pois et menthe fraîche...
G.

*

ven 30 juillet 15:27

Dans l'urgence, je n'ai dû qu'à la cuisine sublime du chef de m'avoir finalement distrait de toute amertume et évité le pire : quitte à embrasser Fanny, j'ai dégusté chaque plat jusqu'aux mignardises avec ivresse !

*

31 juillet

Votre Vénus du jour nullement endormie,
Excusez-moi, j'étais à l'heure ce vendredi midi mais que voulez-vous, les bras m'en sont tombés quand j'ai vu qu'un clown avait pris votre place à la table. Et j'ai préféré m'éclipser plutôt que d'affronter un rôle improvisé auquel je ne m'étais pas préparée et qui n'aurait pu que me mettre mal à l'aise, même si je m'étais déjà fait une raison pour les lunettes noires, le pantalon court et le canotier fatigué.
Si seulement vous aviez pu m'avertir, me demander d'apporter en post-scriptum l'accessoire indispensable pour un tel déjeuner : un nez rouge.
Non, je ne me sentais pas la force de vous donner la réplique dans un mauvais remake, un navet assuré : Le grand brun en sandales grecques avec une chaussette blanche et une chaussette noire à piqure de remaillage vert émeraude. Rien que le titre, beaucoup trop long, sonnait déjà faux !

*

sam 31 juillet 11:15

Chère Astou,
Vous avez bien fait, il n'y a rien de pire dans la vie que d'être obligé de faire des choses à contrecœur. Alors dépêchons-nous d'oublier cette amitié naissante complètement folle entre nous, vous aviez raison puisqu'elle vous a déjà coûté vos bras ce vendredi.
Ce n'est pas la faute à Voltaire mais la faute à Diderot !
Poor lonesome cowboy

*

dim 01 août 09:09

Lucky Luke de pacotille,
Parti sans prévenir ? Cela ressemblait si peu au personnage de la célèbre BD que j'ai cru un instant que je m'étais trompée d'étage. Mais non ! Vous avez bien quitté le Bell'Vue sur la pointe des pieds et vous aviez tort de vous sous-estimer : un danseur étoile n'aurait sans doute pas fait mieux. Je n'ai rien entendu.
Est-ce la marque personnelle de la suprême élégance aléatoire dont vous êtes capable, comparée au modeste échantillon que m'en avaient donné vos chaussettes bicolores à l'Épuisette ?
À moins que je sois trop gourde pour comprendre, mais je ne vois pas du tout ce que vient faire maintenant Diderot dans notre histoire.
Poor ignorant cowgirl
P.-S. : vos sandales trouvées dans votre chambre : un oubli ? Un abandon ? Une dernière lâcheté ? Dans le doute, je ne les ai pas rapportées à la réception. J'ai préféré faire disparaître une pièce à conviction, comme on dit dans vos thrillers, qui risquait de ternir définitivement le souvenir que je garde de vous.

*

lun 02 août 06:49

Prière de faire disparaître ma propre pièce à conviction de ce dimanche, mon dernier sms, qui n'était qu'un ultime aveu de faiblesse à l'attention d'un être sans valeur, d'un pauvre type — vous l'avez si justement écrit — qui ne le méritait pas.
CQFD : retour à la case DÉPART. J'ai déjà effacé le dernier souvenir que je gardais de lui. ak

*

mar 03 août 06:58

Nohoul felè ngaaka bi nga done !
NOHOUL FELÈ NGAAKA BI NGA DONE !

P.-S. : excusez, mais j'avais ces mots qui me restaient sur l'estomac, et il n'y a rien de pire dans la vie, n'est-ce pas, que d'être obligé de faire des choses à contrecœur ! Aussi j'ai préféré les rendre.
Vous les rendre, puisqu'ils vous appartiennent.
Et le double format, c'est juste histoire qu'il ne subsiste aucune ambiguïté entre nous. ak

*

mar 03 août 17:06

Chère Calamity Jane,
Même privé de signature, j'aurais reconnu votre dernier message entre mille. Et je suis heureux de constater que votre susceptibilité se porte bien et que vous êtes toujours aussi réactive dans le maniement de votre Winchester légendaire malgré tout ce temps passé depuis notre séparation : une éternité insupportable, j'oubliais !
Une mention toute particulière pour les mots choisis hors catégorie de votre dernière rafale qui a coûté la vie, je suppose, à ma réputation.
Qu'ai-je donc fait pour mériter un tel règlement de comptes aussi expéditif que disproportionné ? Vous m'avez posé deux lapins coup sur coup excusables à vos yeux, et chaque fois j'ai fait contre mauvaise fortune bon cœur, avouez-le : je ne vous en ai pas tenu rigueur. Mais il a suffi que je vous en pose un — bien involontaire — à mon tour pour que vous me transformiez aussitôt en passoire !
Alors, me

*

mar 03 août 17:16

... laisserez-vous le temps de vous expliquer ? je souhaite simplement vous parler de ce fameux paradoxe du comédien que vous pourrez encore bien entendu me reprocher s'il vous met en colère. Et c'est là, comme je vous l'ai déjà dit, que Diderot entre en scène dans notre impossible amitié qui à

peine entamée, Chère Calamity, sent déjà la poudre avec vous ! Mais libre à vous de mettre un point final à notre aventure... bavarde, puisque après tout nous n'avons échangé jusque-là que des mots bien inoffensifs.
Votre Ami,
P-S : vous me traduirez un jour vos mots choisis, j'ai eu beau m'aider d'outils en ligne, leur signification exacte reste pour moi un mystère...

*

ven 13 août 07:10

Bonjour Astou,
Déjà 10 jours, votre silence crée un manque bizarre en moi !
Le paradoxe de Diderot, je vous disais...
Cet écrivain des Lumières affirmait, (oui, je sais, je suis encore collector vu que Les Lumières, quel jeune aujourd'hui... ; mais votre Balzac n'a plus 20 ans non plus) je l'ai compris tout au moins de cette manière, que les comédiens, à leurs débuts, peut-être par manque de confiance en eux et ou peut-être parce qu'ils ont tout à apprendre du jeu génial de la comédie, ont une très fâcheuse tendance à surjouer leur rôle. De peur de passer inaperçus, d'être de mauvais acteurs, ils le deviennent justement, hélas, en y mettant beaucoup trop de sensibilité, de sentimentalité, trop d'eux-mêmes en quelque sorte, trop de ce qu'ils sont dans leur vie de tous les jours. À l'inverse, les acteurs qui ont beaucoup travaillé leur rôle, qui ont enfin appris leur métier

*

ven.13 août 07:24

... et qui le maîtrisent, y apportent plus de sobriété, plus de sang-froid, étant devenus capables de jouer la plus haute des passions sans y succomber !
Et sincèrement, je crois que nous en sommes là vous et moi. Nous avons surjoué les premiers plans-séquences de notre belle amitié balbutiante et il faudrait que dans les prochains

nous y mettions plus de sobriété, plus de retenue.
Ce qui suppose que vous acceptiez déjà de reprendre votre rôle à mes côtés et que vous acceptiez donc de me redonner la réplique. Sinon, c'est sûr, c'est mort et je pense qu'autant vous que moi méritons mieux, n'est-ce pas ?
G.

*

sam 14 août 08:17

Astou,
Nous devons nous remettre au travail, sans penser déjà que ce que nous avons vécu ensemble jusque-là était inutile, même son point d'apothéose : moi, avec mes chaussettes bicolores et vous, juste après, murée dans un silence non moins destructeur. Il ne faut pas chercher à l'oublier, à l'effacer de notre mémoire. Il faut au contraire nous en inspirer, y trouver un sens qui valorise l'un et l'autre.
Si nous l'interrogeons parce qu'il a eu pour résultat ce clash entre nous, faisons-le avec beaucoup de bienveillance, d'indulgence l'un par rapport à l'autre, avec la certitude que nous sommes capables de le surmonter, de ne pas répéter nos erreurs passées qu'on a su justement mettre au passé pour mieux empoigner le présent qui s'offre à nous.
Voilà, si ce rôle de comédienne laborieuse vous intéresse, si vous êtes prête à ne pas ménager votre peine sur la scène de notre amitié

*

sam 14 août 08:24

... afin de parvenir à la jouer avec génie, je suis partant moi aussi pour tourner une comédie sentimentale comme vous les aimez, authentique, autant dire jalonnée de tous les cadavres de nos plans-séquences ratés, surjoués, qui me permettront quant à moi d'y voir sous un autre angle un *thriller* inédit !
G.

*

dim 15 août 17:08

Mon Amie,
Si vous regardez l'épisode de l'Épuisette avec indulgence, en positivant, vous pourriez penser que j'avais fait honneur à vos chaussettes noires en fil d'Écosse, en dépit de ma vieille habitude qui privilégie le blanc, vu que mes gros sabots sont des tennis ! Auriez-vous une dent contre le sport ?
Et si je n'en avais cependant porté qu'une, c'était simplement une manière aussi surjouée que la vôtre (souvenez-vous de vos mots choisis) de vous faire comprendre que je n'avais pas encore tout à fait digéré votre petit lapin de l'Esplaï, malgré votre lot de consolation !
Votre Gorfou sauteur
P-S : ci-joint mon adresse mél, ce qui vous permettra de me joindre la vôtre… pour le cas fort improbable où vous égareriez votre téléphone. Chez moi, inutile d'en parler, même si par miracle je ne vous ai encore servi qu'une fois cette excuse.

*

akeita@orange.fr > g.esposito
Date : lundi 16 août … 07:00

Si vous êtes mon Gorfou sauteur… ça change tout !
Et dans ce cas, si vous analysez vous aussi mes éclipses de nuit et de jour avec bienveillance en voyant le verre à moitié plein, vous pourrez comprendre que j'avais joué deux fois malgré tout, et parfaitement, vous l'aviez d'ailleurs remarqué, mon rôle de guide touristique locale ! Même si à chaque fois, à la dernière minute, j'ai esquivé le tête-à-tête, par crainte du premier regard que vous poseriez sur moi, même dissimulé derrière vos lunettes noires. Car sans m'avoir jamais vue, vous ne m'avez jamais demandé de vous envoyer la moindre photo de moi. Et apprenez que la peur de ne pas plaire, cher Gorfou sauteur et disciple de Diderot, peut être parfois une émotion paralysante. Elle l'était pour moi en tout cas, si elle

ne l'est apparemment pas pour vous. Ce qui, en passant, me conforterait au sujet d'une autre appréhension à votre égard, souvenez-vous : je vous imagine si sûr de votre capital séduction que je redoute encore le mâle nombrilique qui ne voit que lui en pleine lumière !
P.-S.1 : pour l'adresse mél, c'est fait. J'ai apprécié votre précaution de distrait incurable. Cet adjectif, soit dit en passant, semble vous coller à la peau...
P.-S.2 : votre départ précipité du Bell'Vue, c'était donc parce que vous n'aviez pas encore digéré tout à fait ma seconde éclipse ?!
P.-S.3 : je continue à faire les questions et les réponses avec vous : je vous envoie ce jour une photo si des fois vous ne deviez jamais me voir... ne parlons même pas de me revoir.

*

lun 16 août 07:13

M'enfin, Astou ! Depuis quand la meilleure des amitiés se fonderait sur l'apparence ?! Je vous l'ai déjà dit, pas plus que la couleur de votre peau n'en constituait hier le moindre obstacle, je ne vais pas maintenant distribuer des bons points d'amitié autour de moi en fonction de la tête des gens ! Vous regardez trop les concours de Miss à la télé ! À ce compte, comment espérez-vous apprivoiser mon regard avec une seule photo. Il en faudrait des milliers, et encore... pour cause de déformation professionnelle : j'ai une vue de lynx, autant vous prévenir, terriblement exigeante en matière de haute résolution photographique !
Arrivé là je vais peut-être vous paraître désagréable, la faute à mon nombril sans doute, mais vous vous trompez de casting avec moi et je ne regarderai pas votre photo avant d'avoir partagé une bouillabaisse ou une autre spécialité marseillaise en tête-à-tête ! J'en fais même une question de principe essentiel en matière d'amitié.
G.

*

lun 16 août 07:21

Trop tard, la photo est partie… et vous l'avez déjà regardée, ne dites pas le contraire !
« M'enfin » Gianni, merci de me dresser la liste de tous les principes essentiels qui gouvernent les moindres faits et gestes du célibataire endurci que vous êtes. Ce qui me permettra déjà de vous éviter de paraître désagréable avec moi au sujet de tout un tas de choses qui leur obéissent. Notre incomparable amitié n'y survivrait pas car je n'ai pas l'intention d'être l'amie de quelqu'un que je contrarierais en permanence. Et cela me permettra d'évaluer en même temps, réflexe de sociologue, à chacun ses maniaqueries, le degré d'endurcissement de votre célibat ! ak

*

lun 16 août 20:37

Astou,
Principe essentiel n°2 qui me gouverne : je ne répondrai plus à l'avenir à toutes vos questions qui me paraîtront manquer du sang-froid nécessaire (dixit mon maître de comédie) à la bonne santé de notre amitié toute neuve à laquelle j'enlève déjà la majuscule puisque vous préférez l'inaperçu.
Aussi bien, pour votre parfaite information, mes maniaqueries se limiteront dans l'immédiat à ces deux principes intangibles, et je vous laisse toute liberté pour mesurer à la lueur de cette information sociologique capitale le degré de solidité de mon célibat si cela vous procure un plaisir professionnel irremplaçable.
G.
P-S : et si vous me parliez de votre propre vie sentimentale sans y mettre trop de sensibilité pour une fois, au lieu de faire un point de fixation sur la mienne ?

*

mar 17 août 08:01

35 ans – célibataire - signe particulier : a toutes ses dents en parfaite santé pour mieux vous mordre… mon enfant !
Voilà, le sang-froid de cette brève présentation ne devrait pas vous échapper, cher émule de maître D.
Mère-grand
P.-S. : je vous dispense jusqu'à nouvel ordre de tout post-scriptum par souci de sobriété.

*

mar 17 août 08:09

Urgent !
Principe essentiel n°3 : j'ai horreur des personnes complexées par leur âge.
G.
P-S : si vous pouviez toiletter encore un « chouia » votre réplique précédente pour flirter cette fois avec le génie de la comédie…

*

mar 17 août 08:21

Astou K.
35 ans
célibataire
signe particulier : dentition irréprochable
défauts : néant
qualités : animal à sang tiède.

*

mar 17 août 08:27

PARFAIT ! Bonne journée, je file,
Bizzz
Votre amimâle
P-S : pour le sang tiède, aurai-je encore droit dans la foulée à une définition de comédienne accomplie ?…

*

mar 17 août 08:30

Le ménage n'attend pas, mais c'est promis, je vais y réfléchir, l'amimâle !
Votre Astou décomplexée
P.-S. : vos bizzz ?

*

mar 17 août 08:35

Votre P-S : où est la question ?

*

mar 17 août 08:42

Je me demandais si elles étaient celles d'un comédien accompli ou pas ? Qu'en pense maître D. ? ak

*

mar 17 août 08:49

Mille excuses, un moment d'égarement qui ne se reproduira plus ! Cette fois je me sauve pour de bon. G.

*

mar 17 août 08:56

À choisir, je préfère des bizzz égarées à pas du tout. ak

*

akeita@orange.fr > g.esposito
Date : mardi 17 août ... à 22:28

Je ne sais pas où vous vous êtes sauvé ce matin, mais vu l'heure, ce doit être à l'autre bout de la planète. À moins que vous ne soyez tombé dans un nouveau guet-apens tendu par vos amis ?
Passons ! Concernant mon unique qualité qui a retenu toute votre attention, je la dois peut-être à mon métissage.

Mais rien de sûr de ce côté-là. En effet, ma mère a le sang bouillant et j'en déduis que mon père devait être à l'inverse, sans le savoir, un disciple intégriste de votre maître de comédie !
D'où le résultat mathématique que vous connaissez forcément : bouillant + glacé = tiède.
Sauf que cette version des choses est pure hypothèse et ne vous permettra pas de comprendre exactement la propriété remarquable de mon sang ! Que voulez-vous, les mathématiques sont une science exacte et l'être humain ne l'est pas !
Pour que vous en saisissiez le secret aléatoire qui devrait donc vous intéresser au plus haut point, il faut que je vous parle d'un groupe de vertébrés apparemment disparus !
Si j'en crois un biologiste du Nouveau-Mexique, à chacun ses maîtres après tout, un certain John Grady, les dinosaures avaient le sang tiède. Autant dire, pour faire simple, que leur corps était maintenu à une température constante comme les bouillants êtres humains, mais ils dépendaient aussi de l'environnement pour l'ajuster sans effort, à l'image des lézards !
Ce qui leur permettait de ne pas être nécessairement engourdis par le froid sans qu'ils aient à dépenser autant d'énergie que nous pour avoir chaud !
Et c'est donc pour cette raison que, même sujette à des états d'âme explosifs semblables à ceux que j'ai pu vous faire partager au début nos échanges, je suis non moins capable de me contrôler PARFAITEMENT à votre contact, comme vous me l'avez écrit pas plus tard que ce matin, jusqu'à flirter avec le génie de l'hypothermie défendu par votre maître D.
Sans pour autant, contrairement à vous, devenir incapable d'éprouver la moindre émotion… sentimentale !
Bisous congelés.

*

mer 18 août 11:13

C'est peu banal ce genre de bisous du Midi !
Ils révèlent une capacité d'adaptation des plus rares. Si toute-

fois, bien entendu, parce qu'il y a toujours un Si mineur dans la tête d'un célibataire endurci même frissonnant sous des bisous de dinosaure, vous n'êtes pas en train de me jouer très habilement une drôle de comédie alors que vous ne pensez pas un traître mot de toute cette étrange et envoûtante histoire de sang tiède que vous venez de me conter.
En effet, j'y décèle encore la mèche d'un état d'âme explosif qui me fait douter de votre capacité à jouer durablement les animaux à sang-froid.
G.

*

mer 18 août 12:36
Ok, je retire le « contrairement à vous » dans mon mél d'hier soir. Ça vous va Si mineur ? ak

*

jeu 19 août 03:49
Bingo !

*

jeu 19 août 06:27
Excusez, mais la nuit j'ai plutôt l'habitude de dormir. Vous rêviez à quoi à 3h49 ? ak

*

jeu 19 août 20:04
À un bien étrange rêve me connaissant, un peu fou n'est-ce pas ? J'étais seul devant monsieur le Maire à vous attendre désespérément sous les yeux de mes amis qui s'étranglaient de rire : vous ne parveniez pas à entrer dans la salle des mariages à cause de votre taille démesurée. Et ça m'a réveillé…

*

jeu 19 août 20:07
Et alors ?

*

jeu 19 août 20:14

J'ai réalisé à cet instant précis qu'une amie dinosaure à sang tiède serait bien la dernière à trahir mon célibat et que je pouvais donc libérer mes émotions à son contact sans la moindre inquiétude !
Bizzz fiévreuses

*

jeu 19 août 20:17

Waouh ! je suis en nage !
Au secours maître D. !

II

Adagio

akeita@orange.fr > g.esposito
Date : vendredi 20 août ... à 11:49

Bonjour,
Moi qui espérais que votre fièvre allait rapidement se dissiper, je découvre ce matin qu'elle n'a fait qu'empirer et je crains plus que tout qu'elle ne vous ait porté au délire à cette heure. Car je ne dois pas me tromper pour une fois, le magnifique bouquet d'Azzopardi qui m'a été livré au Bell'Vue, et que je devais venir récupérer sans tarder, ne peut provenir que de vous ! Aussi, je suis confuse de vous apprendre hélas qu'avoir fait le choix d'un meilleur ouvrier de France pour être « l'ambassadeur de vos émotions », comme écrit sur son site, m'a fait immédiatement entrer en ébullition et que j'en suis à mon troisième drap de bain pour tenter d'enrayer mes débordements de sueur.
Par conséquent, ne le prenez pas mal mais je vous le demande à genoux : épargnez-moi toute nouvelle effusion de vos émotions pour ce vendredi ou je vais finir par me noyer dans ma bonne humeur !
P.-S. : mais au fait, pourquoi ce bouquet ?

*

moimemegianni@gmail.com > Ak
Date : vendredi 20 août ... à 13:12

Bon appétit,
Ne voyez nulle effusion de mes émotions dans cette livraison

périssable, mais une première récompense professionnelle, un premier César fleur pour votre réplique à point nommé : votre appel au secours original de ce jeudi.
J'ai trouvé que celui-ci venait ponctuer de la plus belle des manières notre amitié naissante en m'invitant tendrement, avec ce petit clin d'œil entendu à Diderot, à poursuivre mes épanchements fiévreux malgré les effets indésirables qu'ils ne manquent pas de vous occasionner de toute évidence.
Et vu les proportions qu'ils prennent ce midi, je mesure la descente aux enfers qu'il vous faut endurer. C'est vrai qu'on m'avait toujours dit que c'était un lieu brûlant, mais je ne voulais pas le croire !
Votre bon petit... diable,
P-S : promis, j'accède volontiers à votre supplique : j'attends demain... pour vous faire livrer la climatisation ! J'ai vérifié, 37 degrés à 13 heures intramuros ce vendredi, c'est l'enfer absolu. À cette température, la faute aux fleurs ou pas, tout le monde doit bouillir à Marseille !

*

ven 20 août 13:27

Si je peux me permettre, merci bien, l'idée est généreuse, mais ce ne sera pas nécessaire. Je préfère 1000 fois ruisseler comme une serpillère à cause d'un bouquet de fleurs, de votre trop-plein d'émotions que vous désirez me faire partager plutôt que de maintenir ma solitude à température régulée, sous les 25 degrés !
Avec mon sang tiède, la climatisation me ferait entrer prématurément dans une hibernation qui n'est pas de saison !
C'est comme ça, à chacun son idéal, et puisque nous sommes bons amis maintenant on se dit tout, vous avez opté pour un célibat sans surprise, tempéré, et moi, peu m'importe l'odeur et les traces de transpiration ! Je ne rêve que d'une vie de famille bouillonnante, absorbant sans souci les multiples imprévus à grands renforts de draps de bain.
À demain, pensées-éponges, ak

*

sam 21 août 21:51

À chacun son idéal, je suis bien d'accord, sauf que le mien n'est pas tout à fait celui que vous croyez. À l'inverse, j'ai bien compris le vôtre ! Aurons-nous l'occasion de reparler de tout cela plus tard, si la survie de notre amitié devait un jour en dépendre. Mais dans l'immédiat, si nous parlions d'autre chose ?

De l'avancée, par exemple, de votre « immersion totale » au Bell'Vue qui me revient justement en mémoire. A-t-elle produit les résultats escomptés ? Commencez-vous à voir l'envers du décor ? Et si oui, pourriez-vous m'en dire davantage, vous sembliez si impatiente d'éprouver de l'intérieur la vie d'une femme de chambre ?

Ne croyez pas, mon job, et encore moins mon célibat, ne... climatise en rien ma curiosité et ne m'empêche nullement de me passionner pour vos recherches sociologiques !

Pensées intenses,

G.

*

sam 21 août 22:11

Gianni, j'ai été bête, je ne vous taquinerai plus sur votre célibat. ak

P.-S. : trop tard pour vous livrer un bilan détaillé concernant ma recherche in situ, mais je note dans un coin de ma tête : ne pas décevoir sa passion ! J'ai même envie de vous raconter encore pleins d'autres choses mais je dors déjà, une dure journée aujourd'hui...

*

moimemegianni@gmail.com > Ak
Date : dimanche 22 août ... à 13:20

Rien ne presse Astou, ne vous sentez pas obligée de satisfaire ma curiosité, elle est sans fond, et encore moins de me fournir

un bilan détaillé dans la minute. C'est aussi cela le privilège de l'amitié : elle nous préserve de la dictature des pendules et même de la dictature tout court ! Vous pouvez aussi me parler d'autre chose de moindre importance, je ne sais pas, si l'enquête avance concernant votre *serial killer*, s'il a récidivé, sinon les expositions que propose encore le MUCEM actuellement. Durant mon séjour, je n'ai eu que le temps d'admirer la Méditerranée à travers le moucharabieh de sa terrasse et rien que son architecture est un chef-d'œuvre à elle seule. J'aimerais tant le visiter avec une guide locale telle que vous lors d'un prochain déplacement. Et pour ne rien vous cacher, je vous avoue que moi aussi je suis un peu sous pression en ce moment. Bon dimanche.
Bizzz pressées
P-S : vous n'êtes pas bête Astou ou je le suis aussi, c'est comme vous préférez ; sauf que nous portons chacun sur le dos, comme des tortues, notre passé et nos peurs !

*

akeita@orange.fr > g.esposito
Date : lundi 23 août ... à 08:44

Je ne sais quelles peurs pourraient vous habiter car votre optimisme me paraît bien naïf et me fait penser à Bob l'éponge. Eh oui j'ai regardé la télé en ce temps-là et il me faisait rire ! Tout semble glisser sur votre carapace comme si l'amitié, dans votre tête, était une sorte de bâton laser miraculeux paré de toutes les forces possibles et capable de venir à bout de n'importe quel obstacle qui pourrait surgir dans notre vie de tous les jours.
Mais je ne sais pas, ce bâton de lumière ne produit pas du tout sur moi l'effet attendu, il m'affole plus qu'il ne me rassure et me fait dire des choses que je ne pense pas, enfin n'importe quoi, même si je me sens obligée de vous les écrire de peur de vous mentir car je n'aimerais surtout pas que vous vous fassiez des idées sur moi. ak

P.-S. : excusez cette brusque dépression saisonnière qui fait un peu tache, je l'avoue, sous ce ciel et ce soleil d'août.

*

lun 23 août 08:52

À chacun ses petits trucs fétiches : mon bâton d'amitié contre vos draps de bain ! À ce soir, Bob

*

lun 23 août 08:58

C'est bien ce que je disais, aucune discussion sérieuse n'est jamais possible avec vous. Vous rejetez invariablement tout ce qui vous déplaît en moi en dehors de votre champ de réflexion. C'est bien simple et vous ne me contredirez pas : j'ai droit soit à votre naïveté, soit à votre ironie pour vous moquer de mon côté face. ak

*

lun 23 août 09:03

À ce soir !

*

moimemegianni@gmail.com > Ak
Date : lundi 23 août ... à 23:13

Sorry pour l'heure, mais je ne voulais pas risquer d'essuyer de nouveau la foudre de votre orage dépressionnaire de ce lundi. Car avec votre histoire d'idées que je pourrais me faire sur vous, là, je n'ai plus droit à la pétoire culte de Calamity Jane, vous sortez vous aussi un bâton, mais rien à voir avec celui de l'amitié : c'est carrément de la dynamite à mèche courte qu'il va me falloir désamorcer sans tarder si je ne veux pas qu'il nous pète à la figure !
Alors, faut qu'on cause sans tarder Astou, et pas qu'un peu à mon avis. Il va vraiment falloir que nous prenions le temps de poser nos valises pour tout se dire, et puisque vous lancez

les opérations sur le terrain de notre côté face, je vais déjà vous écouter patiemment m'égrener une bonne fois pour toutes la liste de tous les revers qui vous caractérisent et que vous tenez à tout prix à m'écrire des fois que...

Coupez !

Oui, vous l'aurez compris, rien de bien sérieux dans tout ce qui précède, il faudrait couper cette réplique au montage de notre comédie sentimentale, même si je ne le ferai pas pour respecter notre pacte cinématographique à son sujet, son authenticité.

Vous avez raison sur ce point, l'ironie me permet souvent de passer entre les gouttes face aux orages, d'où qu'ils viennent. Mais pas toujours. C'est encore un parapluie puéril, magique, naïf, vous avez le choix de l'adjectif, et je serai décidément toujours à vos yeux cet ami qui a oublié de grandir.

Mais ce n'est pas du tout le moment de vous égarer davantage en évoquant cet aspect de ma personnalité et reprenons dans l'ordre, si vous le voulez bien.

À midi, je disais que vous croyez aux draps de bain pour vous tirer d'affaire alors que moi je crois en l'amitié ! Rien d'ironique dans ce constat, nos échanges nous trahissent amplement si nous cherchions à le nier, ce sont bien là deux petites ruses, deux petites naïvetés que nous nous sommes confiées le plus naturellement du monde.

Alors, pourquoi nous en faire le reproche puisque, soyons bons joueurs, admettez que nous ne pouvons pas nous en passer sinon cela se saurait, nous n'en aurions pas parlé.

Alors, alors, si nous cherchions au contraire à les mutualiser pour en tirer un bénéfice commun : deux naïvetés valent mieux qu'une !

Si nous en faisions chacun l'un pour l'autre un clin d'œil de ralliement, de complicité ?

Je trouve beau ce principe de mutualiser nos petites naïvetés, non ? La vôtre en tout cas vous donne à mes yeux un charme... comment dire, un charme tout trouvé, disons un charme points de suspension ou trois-petits-points puisque

les mots me manquent pour le définir !
J'attends votre accord concernant cette première proposition « indécente » (cela me rappelle le titre d'un vieux film !) de la part d'un pince-sans-rire immature, comparé à la sociologue posée que vous êtes au même âge.
Bizzz puériles,

*

lun 23 août 23:24

Accord de principe d'une sociologue qui a sommeil à son ami charmeur, charmant ?! Entre les deux mon cœur... Bonne nuit. ak
P.-S. : « du même âge », soyons précis, deux ans semblent faire toute la différence dans votre cas et c'est vrai qu'ils vous manqueront toujours par rapport à moi !

*

lun 23 août 23:28

;-))) Faites de beaux rêves.

*

akeita@orange.fr > g.esposito
Date : mardi 24 août ... à 06:31

Bonjour prince charmeur,
Mon cœur ne balance plus ! Cette nuit justement, j'ai fait un rêve peut-être beau, je vous laisse décider, mais par contre peu flatteur pour votre âge malgré les deux ans qui nous séparent. Les rapports étaient complètement inversés et vous y apparaissiez sous les traits d'un grand-père faisant au coucher, sur son lit, la lecture d'un conte à sa petite fille au sourire étincelant qui dissimulait son visage derrière un loup noir !
Sans être une experte dans l'interprétation des rêves, je suis bien obligée de me rendre à l'évidence et de ne me faire dorénavant plus aucune illusion sur vous : en vérité, vous me cajolez avec vos paroles de geai que vous me sifflez du haut

de quelque arbre centenaire au lieu de regarder la vie en face et de vous aventurer sur la terre ferme, de vous risquer à vous poser sur mon épaule !
Vous ne faites que m'inventer des histoires, n'est-ce pas ?
Mais tant pis, je vous dis tout, voyez, ce matin, l'orage est passé, l'effet mutualiste de vos sifflements trois-petits-points est incontestable.
Bisous ensoleillés,

*

mar 24 août 11:27

Là, je ne sais plus trop qui cajole l'autre !
Et c'est tant mieux. Sans compter que sans ce soleil sur vos lèvres, je n'aurais pas osé vous l'avouer tout net, mais maintenant j'espère naïvement que vous ne tournerez pas tout en mal : je voudrais juste vous dire que je ne me fais aucune idée sur vous, que je n'ai pas envie de m'en faire parce que cela ne m'intéresse pas, parce qu'elles ne me serviraient à rien ces idées, sauf à inventer des *fakes*, des canards sur vous !
Je préfère de loin par amitié faire comme dans votre rêve et chercher plutôt des contes pour jeunes femmes avec deux ans d'avance à vous raconter, si cela peut vous aider à réaliser votre idéal bouillonnant.
Sans rire, il m'arrive d'être lucide par moments et je ne crois pas une seconde que vous pourrez y arriver avec pour tout secours des draps de bain autour du cou !
Bon appétit petite princesse cajoleuse,
G.

*

akeita@orange.fr > g.esposito
Date : mardi 24 août ... à 19:30

Je n'ai pas eu envie ce soir de rentrer directement et je fais terrasse en face de l'hôtel où j'ai posé mes valises, puisque nous devons prendre tout notre temps pour tout nous dire !

J'ai juste contourné le Vieux-Port et je sirote un *Mojito fraise* au Queen V : « rhum, menthe fraîche, citron vert, sucre, eau gazeuse, fraise », c'est écrit sur la carte.
J'avais besoin d'une ambiance cool en quittant les filles pour faire le bilan de mon expérience de femme de chambre. Mais j'ai beau vous dire ça, je ne me sens pas le courage de vous en parler tout de suite, là, les bras sur les accoudoirs, les jambes allongées et croisées. Des souvenirs un peu lourds à remuer qui ont déjà plombé ma vie passée et je n'ai pas envie que ça recommence avec notre amitié présente.
Il n'y a qu'une chose que je peux dire, le salaire de l'emploi n'entrouvre aucune perspective sérieuse d'avenir autre que celle d'une survie, même si ça n'explique ni n'excuse pas tout évidemment.
En vérité, j'ai plutôt envie de vous annoncer la décision que j'ai prise ce mardi en blouse grise dans les couloirs grenat de l'hôtel, sans qu'elle ait forcément un lien direct avec ce que j'ai vécu ici depuis six mois.
Mais j'ai l'impression que je bavarde beaucoup, que je tourne autour du pot, peut-être l'effet des vapeurs d'alcool... ! Donc je voulais juste vous dire que demain je donne mon préavis au directeur.
Une petite princesse un peu pompette,
P.-S. : enfin petite, il ne faut rien exagérer, elle fait tout de même son mètre 77 sans talons, ce qui, dit en passant, la dispense d'ailleurs d'en porter !

*

mar 24 août 21:19

Si vous ne portez jamais de talons, dois-je comprendre que *mojito* ou pas votre décision est rigoureusement équilibrée sur vos deux pieds et non pas une idée hâtive, un peu branlante qui vous est passée par la tête. Une décision mûre à votre image, inébranlable, comment pourrait-il en être autrement, qu'il serait bien inutile dans ce cas de vouloir discuter en vous conseillant de voir si après la nuit, une fois

les vapeurs de rhum dissipées, vous persisterez !
Ne vous empressez pas toutefois de prendre tout ce que je vous dis au pied de la lettre, je vous ai proposé de me parler de sujets que vous aviez vous-même évoqués dans nos échanges, mais aucune obligation pour vous de focaliser sur votre expérience au Bell'Vue si cela vous dérange plus qu'autre chose et je préfère de loin savoir que vous vous êtes offert ce mardi une petite pose sympa au Queen — mode vacances — pour vous détendre !
G.

*

mar 24 août 21:33
Voyez, je suis une princesse un peu, beaucoup, passionnément compliquée, un peu comme dans le jeu de la marguerite ! J'ai envie de louer votre compréhension, toujours votre carapace d'optimisme, cette nonchalance offerte pour me protéger, mais je suis malgré tout obligée d'ajouter qu'elle m'énerve, et pas qu'un peu. Mais n'en parlons plus, je vais suivre le conseil du grand sage et laisser les vapeurs d'alcool se dissiper ! À demain, ak

*

mer 25 août 06:17
Coucou grand sage ! Décision maintenue, bonne journée. ak
P.-S. : oubliez mes élucubrations d'hier soir, c'est un ordre !

*

mer 25 août 10:58
Bonjour Princesse autoritaire,
Souvenez-vous, c'était le *deal* entre nous pour notre film, on n'oublie rien, on relativise, on le pimente de cadavres, de tous nos plans-séquences ratés ! D'autant que celui d'hier soir y ajoute une petite touche de fantastique qui n'est pas pour me déplaire parce qu'il me parle figurez-vous ce cadavre, cette princesse marguerite que vous êtes pressée de faire taire me

paraît très sensée, et je me dis qu'il ne faudrait pas la bâillonner, la faire disparaître un peu trop vite.
On en reparle ce soir parce que là je suis attendu, mais je vous en prie, ne voyez nulle dérobade dans cette excuse, rien que la marque de mon agenda aussi tyrannique que vous l'êtes ce matin.
Bizzz nonchalantes,
P-S : bravo pour votre décision ferme prise à tête reposée, digne d'un grand dictateur en talons plats.

*

mer 25 août 11:07
Bisous déraisonnables imposés car bien entendu vous ne les méritez pas. ak
P.-S. : on a le droit de remercier l'affection forcenée, brutale, indiscutable de la princesse autoritaire.

*

mer 25 août 11:14
Merci votre Altesse !
Votre serviteur Gianni,

*

mer 25 août 19:15
Je récidive au QV ! Ce soir je grignote de petits encornets frits et j'ai pris un *Carribean sun* sans alcool que j'aimerais pouvoir partager un jour à vos côtés : « tourbillon exotique au jus d'orange, parfums mangue, fruit de la passion, papaye et kiwi ». C'est surtout pour le tourbillon exotique, ça fait envie, non ?!
Il faut que je vous raconte la réaction du directeur ce matin quand je lui ai annoncé la nouvelle. Je ne m'y attendais pas du tout et pour un peu je faisais tout foirer. Je croyais qu'il allait accueillir mon départ avec indifférence ou pire, une certaine hostilité à laquelle je m'étais préparée, mais il m'a déstabilisée en rivalisant au contraire de formules chaleureuses du

style « j'aurais tant aimé vous garder parmi nous, je vais vous regretter »... Il voulait d'ailleurs savoir si c'était à cause des conditions de travail, du salaire ou encore d'une mésentente avec les

*

mer 25 août 19:26

autres employées d'étage, il n'emploie que ce terme pour parler de nous. Il ne voulait surtout pas qu'on se quitte sur un malentendu et il a dit tout ça d'une voix si ronde, si sincère que j'y suis allée de ma petite larme, je ne savais plus trop quoi lui répondre pour ne pas lui faire de peine. Sans mentir j'ai bien failli me liquéfier sur place et sans le secours de votre carapace sur laquelle tout glisse, sans votre bouclier d'amitié derrière lequel je me suis abritée in extremis, je crois que je n'aurais pas trouvé la force de maintenir mon préavis, mais l'excuse a fusé d'un coup. Je me suis surprise à lui avouer que je partageais déjà comme lui un pincement au cœur pour ce départ précipité dont il n'était cependant pour rien ni personne d'autre, je l'ai juré, avant de lui apprendre avec beaucoup de gravité

*

mer 25 août 19:38

dans la voix que celui-ci résultait en fait d'une mutation de mon chéri dans le Nord, et que je ne me voyais donc pas vivre séparée de lui trop longtemps...
Et ça a marché !
Arrivé là, il m'a encore proposé de raccourcir mon préavis pour m'être agréable mais je l'ai joué grand seigneur, « Votre Altesse » pouvait bien se le permettre, et j'ai poliment décliné afin de ne pas le brusquer, tout en pensant qu'une séparation de trois mois devait être supportable entre « nous ». ak
P.-S. : de plus en plus bavard, on dirait, le grand dictateur en talons plats, même sans vapeurs d'alcool pour

lui délier la langue !

*

moimemegianni@gmail.com > Ak
Date : mercredi 25 août ... à 22:07

Inquiétant, en effet ! Je vais être obligé de prévoir un modérateur pour superviser nos échanges et les limiter à un certain nombre de mots sous peine de censure immédiate, sinon je risque de perdre d'ici peu mon job pour distraction répétée et irrépressible à force de lire vos messages interminables !
Mais, hélas, et croyez bien que j'en suis sincèrement navré, ma nonchalance que vous avez si rapidement pointée d'un doigt impérieux me l'interdit, comme elle m'interdira toujours de vous imposer quoi que ce soit. C'est comme une seconde nature chez moi, héritée il y a si longtemps. Ainsi, j'en profite pour ajouter que je vous laisserai toujours grande ouverte la porte de mes oreilles concernant le contenu de vos valises, de vos souvenirs un peu lourds qui plombent apparemment votre passé. Mais soyez certaine en revanche que je n'aurai jamais le pouvoir, l'autorité, la virilité nécessaire d'un dictateur en talons plats tel que vous savez l'être pour vous prendre d'autorité vos valises des mains et vous imposer de m'en révéler le contenu afin de vous libérer de leur poids. Je ne pourrai qu'attendre le temps qu'il faudra dans l'espoir que l'initiative vienne de vous, et de vous seule.
P-S : quand je vous disais que j'étais aussi bête que vous si vous l'étiez, avouez qu'au jeu de la marguerite compliquée, j'ai même toutes les chances de l'emporter !

*

mer 25 août 22:13
Et si « le temps qu'il faudra » durait l'éternité ? ak

*

mer 25 août 22:18
J'attendrai… j'attendrai… j'attendrai toujours, le plus bêtement du monde je l'avoue sans pour autant m'en vanter, si toutefois Votre Majesté cherchait à me le faire dire !

*

jeu 26 août 21:07
Coucou Astou, ai-je dit quelque chose qu'il aurait mieux valu taire, qui vous aura déplu ?

*

ven 27 août 19:00
Avez-vous noyé par désespoir cette amère déception dans une mare de *mojitos* ?

*

sam 28 août 12:39
Me faut-il croire avec une infinie tristesse que notre amitié n'aura duré que le temps d'une rose ?

*

akeita@orange.fr > g.esposito
Date : dimanche 29 août … à 11:11

Cher trois-petits-points,
J'ai bien failli mourir durant ces trois jours mais rassurez-vous, rien de grave, ce n'était que de rire. Il me fallait juste un peu de temps pour retrouver mon sérieux après votre réplique purement inventée de ce mercredi soir, car il ne me semblait pas l'avoir lue dans le scénario original. En vérité, sachez que Votre Majesté ne cherchait pas à vous faire dire quoi que ce soit et encore moins à vous entendre braire de la sorte comme vous l'avez si bien fait !
Le coup de l'attente éternelle, est-ce là une de vos imitations comiques fétiches que vous réservez à vos nouvelles amies en guise de bienvenue pour les mettre à l'aise ? Car en effet

aucun garçon ne m'avait encore confié quelque chose d'aussi ridicule : être prêt à perdre sa vie à attendre qu'une fille lui confie un lourd secret, là c'est trop fort et il n'y a bien qu'un âne pour être capable d'une telle bêtise ! Et si ce lourd secret était une déclaration d'amour, ce serait donc pareil : vous seriez prêt à consumer votre vie à attendre que votre bien-aimée vous dise qu'elle vous aime sans jamais oser lui poser la question et encore moins lui déclarer votre propre flamme ?! À moins que vous ne l'aimiez pas du tout, ça n'aurait effectivement aucun sens.

Et pourtant, je n'en reviens pas, vous venez de me dire à la perfection cette chose sans doute la plus bête du monde et en si peu de mots que je ne peux qu'applaudir à cette imitation du cri de l'âne plus vraie que nature. Et c'est vrai qu'en vous lisant, je ne vous mens pas, je me suis laissé prendre à votre jeu sobre de comédien, quel sang-froid ! J'ai succombé et cru que vous étiez à l'évidence l'un de ces amants aussi bêtes que leurs pieds, bien incapables de déclarer leur flamme à l'être aimé qu'ils adorent en silence.

Autant vous dire que pour une réussite c'en est une, si vous cherchiez à me mettre à l'aise, car votre imitation hilarante a le prodige d'un sérum de vérité : me voici prête à vous avouer une chose tout aussi folle à mon sujet, emportée que je suis par tant d'innocence communicative.

Figurez-vous que je nourris, et c'est pure coïncidence, ne vous moquez pas je vous prie, un amour immodéré pour les ânes — sinon le plus bête d'entre eux — que je trouve souvent plus intelligents que leur cri surprenant ne le laisse paraître. Et pour vous découvrir le fond le plus intime de ma pensée, je leur attribue même un esprit des plus fins surpassant sans peine celui d'une bonne moitié de l'humanité qui ferait mieux d'apprendre à braire pour dire moins de sottises.

Voilà, à chacun sa lubie intime et puisque vous avez cherché à me faire rire, ne voyez nulle injure à ce qu'au plus profond de mon cœur je donne un petit nom secret à la vôtre, à cette timidité sentimentale aléatoire qui vous caractérise et fait

tout votre charme s'il me faut lui donner une définition purement sociologique... !
Bon appétit Sylvestre, mes tapes amicales sur votre encolure poussiéreuse.

*

dim 29 août 22:13

Chère amoureuse immodérée,
Quel bonheur de vous lire à nouveau et vous ne pouviez pas mieux dire. J'ignorais tout de cette timidité inédite à jamais insurmontable dont j'aurais eu à souffrir si j'étais tombé amoureux de Votre Majesté. Comment ne pas me sentir en effet de plus en plus bête à force de vous lire, comtesse Rostopchine, vous devinez à ce point mes états d'âme les plus inavoués que vous n'auriez aucun mal à écrire vous aussi mes mémoires. Et si je suis Sylvestre au plus profond de votre intimité, vous serez donc Sophie dans la mienne ! Sans rien pouvoir vous offrir d'autre qu'un œil noir au bord de votre sommeil, immense mais secret sous mon meilleur profil toujours inquiet, à votre écoute.
G.

*

akeita@orange.fr > g.esposito
Date : dimanche 29 août ... à 22:29

Vos lunettes de soleil, c'est donc pour ça ? Pour cacher cet œil noir, de peur que mon intelligence ne s'y égare, ne s'y perde pour de bon s'il est si secret ?!
Dernière caresse sur votre mufle, Monsieur Sylvestre, car il me faut aller dormir.
Votre intime Sophie,
P.-S.1 : pour ne rien vous cacher, il m'a fallu lancer une recherche Internet pour espérer venir à bout de votre dernière énigme culturelle encore plus poussiéreuse que votre encolure. Mais comment est-ce possible, je vais finir par croire

que vous êtes né avec deux siècles de retard après avoir lu la date de naissance de votre comtesse !
P.-S.2 : en plus d'être le plus stupide, vous voilà donc encore *has been* pour l'éternité et vous avez décidément tout pour plaire, au point qu'en fermant les yeux je n'ose imaginer votre vie précaire de célibataire sans cesse menacée par une nuée de groupies à grandes oreilles tombées sous votre charme imbécile et prêtes à tout pour vous jeter dans leur lit.

*

moimemegianni@gmail.com > Ak
Date : dimanche 29 août ... à 23:04

Ma Chère Sophie,
Me faut-il croire que les ânesses qui hantent votre sommeil et vous font donc apparemment rêver ne sont pas aussi nombreuses que vous le croyez parce que j'ai eu beau chercher toute la journée vos groupies en question, mettre la main en visière tout en effectuant un lent balayage à 360 degrés, je n'ai rien vu... mis à part peut-être cette ombre indécise et vrombissante approchant à grande vitesse en effet mais à mes yeux bien inoffensive, laquelle me fait plutôt penser vu sa taille des plus fines à une guêpe bien loin d'être folle pour s'amouracher d'un âne à mon image, même s'il a tout pour plaire ! Son étonnante maturité d'esprit, deux ans d'avance n'est-ce pas, saura réfréner sans peine ses pulsions les plus bestiales en lui démontrant tout l'intérêt d'une saine, sage, réelle et durable amitié comparée au désir chimérique et démoniaque d'un amour contre nature.
Votre grand sage que vous vous empressez d'adorer pour ne pas l'écouter !

*

akeita@orange.fr > g.esposito
Date : lundi 30 août ... à 21:53

Je vous adore Sylvestre enfin Gianni et vous écoute, ne croyez pas, car vos paroles percutantes ont sur moi un écho remarquable. Rien que d'imaginer la descendance monstrueuse que l'union démoniaque d'une guêpe pleine d'esprit et d'un âne bâté ne manquerait pas d'engendrer... j'en deviens tout honteuse. Aussi n'allez surtout pas nourrir toutes sortes d'idées sur moi à votre tour pour la seule raison que je vous ai fait passer pour mon petit ami auprès du directeur.
Soyez bien sûr que ma patience n'est pas la vôtre et que j'ai beau vous adorer, mon âge mûr ne m'autorise plus à nourrir des rêves utopiques pour un amour impossible. Et si je ne renonce pas à mon idéal, si je suis plus décidée que jamais à faire ma vie depuis notre rencontre contre nature, il est sûr que vos confidences de ces derniers jours m'ont pleinement convaincue d'une chose, votre nonchalance insurmontable pour ne pas dire votre insondable bêtise amoureuse m'oblige à réviser mes projets d'avenir : je renonce à voir en vous l'étalon de ma future famille et ma décision est prise, j'irai plutôt flâner du côté des Cévennes pour m'accoupler avec l'un de vos frères un peu moins sage et sans doute plus robuste, résistant à l'effort pour y réaliser ma destinée dégouttante, épuisante à vos yeux, trop de sueur bien sûr en perspective qu'une vie de famille bouillonnante ! De sorte que notre amitié n'aura plus à souffrir le moins du monde de mes désirs chimériques dont je vous ai fait part et je suis prête à parier gros, très gros avec vous, toutes mes économies, que notre amitié ne peut donc être à partir de cette nuit que celle dont vous rêviez : une amitié saine, sage, réelle et durable, pour tout dire éternelle entre nous.
Votre Astou étonnante de maturité d'esprit
P.-S. : je referme pour ma part cette parenthèse concernant nos lubies délirantes. Autant la mienne que la vôtre ne mérite plus que nous y ajoutions le moindre mot.

*

lun 30 août 21:59

Auréole de bizzz, vous voici devenue Sainte Sophie dans mon calendrier secret, intime, sentimental !
P-S : l'argent m'est égal Astou, alors inutile de risquer vos économies sur la tête d'un baudet parisien, gardez-les prudemment pour vos enfants qui vont naître en pays cévenol !

*

lun 30 août 22:08

C'est bizarre votre histoire d'auréole, de sainte Sophie et d'enfants qui vont naître, je me sens tout chose après l'avoir lue et je ne sais plus quoi dire. Sans parler de l'argent, je n'y comprends plus rien, comment peut-il vous être égal ?
Bisous un peu perdus. ak

*

lun 30 août 22:17

N'y pensez plus, oubliez tout, c'était juste pour clore cette soirée en accrochant des ailes de papillon à toutes ces paroles têtues que vous avez semées sous mes yeux afin que cette nuit elles vous transportent loin, très loin, le plus loin possible, jusqu'aux portes de votre bonheur en drap de bain !
À demain.
G.

*

mar 31 août 06:07

Alors, dites-moi, bien dormi ? Il fait beau à Paris.
G.

*

mar 31 août 06:14

Mais je rêve encore ou quoi, que vous arrive-t-il ? Vous êtes tombé du lit ? Juste le temps de vous apprendre à la sauvette qu'il fait tout aussi beau sur le Vieux-Port avec une légère brise fleur de sel qui flatte le moral avant de retrouver l'escalier en fer forgé historique du Bell'Vue. Qu'écoutez-vous ce matin dans vos écouteurs ? ak

*

mar 31 août 06:25

Je tombe toujours du lit chaque fois que je joue relâche. Dès que je ne veille plus la nuit pour finir un plan de travail, peu de sommeil me suffit et j'adore aller prendre de bonne heure un café dans un coin de terrasse, avec un œuf dur, un croissant encore chaud, assister à la renaissance du quartier en bouquinant, retrouver tous ses bruits habituels qui se mêlent peu à peu les uns aux autres, l'effervescence qui gagne la rue, les rideaux qui se lèvent, les coups de balai rapides, les seaux d'eau jetés sur un carré de bitume quand les terrasses se déplient, les bonjours familiers qui fusent d'un trottoir à l'autre avant que les voitures et leurs bruits de moteur ne les parasitent et finissent par absorber toutes les notes de cette curieuse composition musicale jusque-là bruissante dans une rumeur qui enfle, marquant le début de l'agitation

*

mar 31 août 06:31

... bruyante du quartier. Alors seulement je ressors mes écouteurs pour m'évader de cette pollution sonore. Il est temps pour moi de lever l'ancre !

Mais là, je suis encore en train de casser délicatement d'une main la coquille de mon œuf à la petite cuillère, un art fragile qui réclame une grande précision, tout en tenant dans l'autre *Petit pays*, une pépite, les oreilles bercées par cette symphonie éphémère du matin qui s'étire, cherche encore au prix d'un rituel bien rôdé à retenir les derniers plaisirs du sommeil, ses derniers engourdissements, une musique des rues qui me laisse croire que je vais revivre en plein cœur de Paris

le premier éveil du monde !
Ma petite nostalgie du mardi,
G.

*

mar 31 août 06:43

J'aurais mieux fait de ne pas vous lire en arrivant au Bell'Vue. Comment voulez-vous que j'enfile ma blouse maintenant ? N'importe qui serait comme moi à cet instant, avec un seul désir en tête : revivre le premier éveil du monde à vos côtés !
ak

*

mar 31 août 11:19

Si je comprends bien, vous avez décidé de me rendre la vie impossible ce mardi ! Après votre petite nostalgie du jour, la brise « sel de roses » que vient de livrer votre maître fleuriste à la réception m'ôte pour de bon toute envie de travailler aujourd'hui. Le vernis d'eau sur les pétales blancs a fait tout son effet et a même attendri le directeur qui a compati à « la douce mélancolie de me savoir éloignée de l'être aimé » qu'il lisait dans mon regard. Il a dit ça mot pour mot et vous comprenez sans doute mieux maintenant pourquoi je n'ai plus qu'une envie, raccrocher ma blouse au vestiaire et aller me baigner ! C'est vous dire si l'après-midi menace d'être un supplice.
Larmes de crocodile car vous ne perdez rien pour attendre.
ak

*

mar 31 août 11:29

Vos larmes doivent vous faire un regard de feu auquel succomberait même un cœur de pierre ! C'est dire si je prends très au sérieux votre désir de vengeance et je vais préparer dès ce midi mon filet... à crocodiles. La faute, toujours, à ma nonchalance maladive qui ne me mettra jamais hélas que cette

arme factice entre les mains pour aller à la chasse de quelque bête que ce soit ! Y compris cette espèce à sang tiède et quenottes acérées, la plus redoutable sous ses airs bon enfant !
Mais que votre vengeance sur le feu ne vous ôte pas pour autant l'appétit en cette heure méridienne, ce serait dommage.
Bonne pause déjeuner,
G.
P-S : après l'excuse tirée par les cheveux que vous aviez donnée à votre directeur, sa remarque attendrie prouve en tout cas qu'il a mordu à l'hameçon, persuadé qu'il doit être à cette heure que vous avez bel et bien un petit ami.

*

akeita@orange.fr > g.esposito
Date : mardi 31 août ... à 19:27

Soulagée d'être enfin venue à bout de cette journée interminable. Et je n'ai pu faire autrement que venir me poser au QV pour faire le vide et tout oublier. Aussi, ne vous étonnez pas si un *Ti Punch* au Rhum blanc partage le peu d'espace qu'il reste sur le guéridon qui me fait face à cause de votre volumineux bouquet.
La fierté conquérante qui a été la mienne quand je l'ai déposé en arrivant avec une infinie précaution, tel un trophée de guerre d'une valeur inestimable !
Merci déjà pour les quenottes, c'est vrai que ce soir j'ai l'impression d'être une enfant serrant une surprise plus grosse qu'elle dans les bras. Mais ne croyez pas cependant que j'en ai perdu la tête au point d'oublier que vous m'étiez redevable pour m'avoir mise dans tous mes états ce mardi.
Aussi je me fais un plaisir de vous apprendre la bonne action que j'attends de vous pour vous faire pardonner avec un sourire légèrement enrhumé qui doit si peu au *Ti Punch* et beaucoup à la climatisation naturelle de votre brise sel de roses qui m'a permis de retrouver tous mes esprits en fin d'après-midi ! J'ai, primo, pris la décision de m'orienter vers

le professorat après mon départ du Bell'Vue. Je vous expliquerai si vous y tenez...
Et secundo, j'ai décidé d'élargir ma recherche de postes à votre couronne parisienne après la côte d'Azur évidemment, rendue soudain curieuse d'y écouter *La symphonie éphémère du matin* !
Par conséquent, tertio, voici votre BA : j'ai besoin que vous me promettiez de m'aider à trouver à me loger sur Paris si jamais ma bonne pioche m'y conduisait à l'improviste dans les prochains mois.
Une BA non négociable, tout ce qu'il y a de plus normal, vous me devez bien ça.
P.-S. : je vous imite car j'ai trouvé que ça aussi ce n'était pas négociable : je cache mon regard de feu derrière mes lunettes de soleil pour éviter que les serveurs n'y succombent ! déjà qu'ils m'ont apporté un seau à champagne rempli d'eau pour les fleurs...

*

mar 31 août 19:38
Toc toc toc, vous êtes là ? ak

*

mar 31 août 19:42
C'est la BA non négociable qui vous effraie ? ak

*

mar 31 août 19:48
Je vois, votre emploi du temps des jours de relâche se résume à trois temps forts : poète de bon matin, charmeur de reptiles vers 11 heures et grand absent le soir ! Allez, je rentre car je crains un enlèvement de femme de chambre retentissant sur le Vieux-Port : même avec les lunettes et mon air crâne les serveurs doivent me sentir vulnérable... ak

*

mer 01 sept 00:17

Je rentre à l'instant d'une soirée restau avec la bande rameutée dans l'après-midi et je m'en veux terriblement de vous avoir exposée de la sorte à un rapt sordide.

Pluie de Perséides sur votre sommeil pour ne pas risquer de vous ravir à mon tour de manière égoïste et salement libidineuse à vos rêves.

G.

*

mer 01 sept 06:00

Bonjour penaud,

De toute urgence, c'est ok pour moi, votre BA m'est si clémente que vous pouvez postuler sans problème pour un poste dans la couronne, vous n'y serez jamais à la rue. Je m'y engage et je n'ai qu'une parole. Seul bémol à la clé si je peux me permettre, Paris vous éloignerait des Cévennes... Pensez-y !

G.

*

mer 01 sept 06:07

P-S1 : au pire vous aurez toujours ma chambre d'amis à disposition, si toutefois vous êtes prête à supporter provisoirement le léger désordre qui règne dans ma tanière. Elle est en tout cas suffisamment grande pour y recevoir sans encombre une cage à crocos ! Mais encore une fois n'allez pas vous faire des idées et croire que je redoute plus que tout au monde de vous voir débarquer dans la capitale. La cage, c'est juste pour rassurer le voisinage et pour être *clean* avec la loi car j'ai souvenir que l'hébergement de ce type de reptile à domicile est sévèrement réglementé.

*

mer 01 sept 06:13

P-S2 : vos décisions professionnelles vous appartiennent et je n'ai pas à exiger la moindre explication de votre part sauf si vous insistez et tenez de manière non négociable à m'en parler. Sans compter que si le métier de sociologue m'était lointain, celui d'enseignant m'est carrément des plus mystérieux.

*

mer 01 sept 06:17

P-S3 : excusez mes bavardages oiseux de ce matin. Je me rattrape aux branches comme je peux mais je suis pitoyable. Pardon.

*

akeita@orange.fr > g.esposito
Date : mercredi 01 septembre ... à 06:27

Oiseux ?
Je lis sur le site du CNRTL : « Qui ne sert à rien ; qui est vain, inutile... Qui apparaît vide de sens, sans intérêt réel, superflu ».
Je pourrais vous dire pour vous donner raison que c'est tout à fait ça, que le poète d'hier me paraît manquer aujourd'hui cruellement d'inspiration ! Que je vous laisse donc à vos rimes passablement émoussées qui bien loin de me faire revivre le premier éveil du monde ne m'en montrent ici que l'aspect le plus creux, un mot suffit pour le voir s'écrouler, un aspect si éloigné de sa sublime dimension... aléatoire, dont vous m'écriviez il y a un mois à peine qu'elle défiait toutes les lois de la pesanteur.
Je pourrais encore vous dire qu'à midi ça ira peut-être mieux pour vous et que nous pourrions reprendre des échanges plus consistants.
Mais en disant cela, je ne ferais pas mon job de futur prof auquel je dois m'exercer dès maintenant car je vous trouve bien sévère avec vous-même au saut du lit. Je vais essayer de corriger votre BA du matin avec plus de bienveillance et vous en ferai un premier commentaire ce midi.
Bisous pédagogiques, ak
P.-S. : au fait, quelle est cette pépite *Petit pays* à laquelle votre

petite nostalgie de ce mardi faisait allusion ? J'aimerais tant que vous me fassiez revivre à l'instant le premier éveil du monde en l'évoquant avec votre poésie d'hier, sans vouloir vous commander !

*

mer 01 sept 06:38

Si vous êtes sensible au silence poétique, puisque ces mots d'auteur m'ont laissé sans voix :
« La guerre, sans qu'on lui demande, se charge toujours de vous trouver un ennemi. Moi qui souhaitais rester neutre, je n'ai pas pu. J'étais né avec cette histoire. Elle coulait en moi, je lui appartenais. »
P-S : *Petit pays*, Gaël Faye, Le livre de Poche

*

akeita@orange.fr > g.esposito
Date : mercredi 01 septembre ... à 12:45

J'ai donc opéré un tri minutieux de vos écrits penauds et oiseux qui ne méritaient donc à vos yeux qu'un zéro pointé ! Ce que je m'interdis évidemment de faire, à chacun ses interdits après tout.
En effet, Je dois apprendre à me montrer indulgente si je ne veux pas finir vieille bique ou peau de vache dans l'enseignement avant d'y avoir fait mes premiers pas !
Aussi, pour ma part, j'ai trouvé que votre « ok d'urgence », si vous n'avez comme vous dites qu'une parole, méritait a minima la moyenne — un 10/20 incompressible tout à l'inverse de votre zéro pointé — car il répondait de manière on ne peut plus claire et succincte à la question posée !
Pour tout le reste, j'ai relevé bien entendu quelques envolées dont le style et le contenu gagneraient peut-être à être retravaillés afin de ne pas sentir le cabotinage à plein nez.
Si je reprends dans l'ordre :
1) J'ai cru voir il est vrai dans la cage à crocos et votre bémol

Paris-Cévennes deux points d'humour un peu lourdingues, surjoués que maître D. n'aurait pas appréciés, mais surtout un hors-sujet regrettable concernant le premier vu qu'en acceptant de m'aider spontanément à me loger, tous mes désirs de vengeance se sont évanouis ! Aussi je vous ferais plutôt des yeux de biche si je devais atterrir bientôt dans votre antre légèrement désordonné où je vérifierais simplement si le sac à linge sale y figure à bonne place…
2) Il reste enfin votre refrain nonchalant que je connais déjà trop bien et à propos duquel j'aurais justement quelque chose à vous dire mais plus tard car les copines commencent à me regarder de travers, me reprochant de prendre un peu trop sur notre temps de pause-repas pour vous écrire.
À ce soir… au Queen !
P.-S. : *Petit Pays*, silence partagé.

*

akeita@orange.fr > g.esposito
Date : mercredi 01 septembre … à 19:37

C'est décidé, diète de rigueur ou je vais finir alcoolique ! Un *Paradise Dream* me paraît donc tout indiqué : « Jus d'ananas, cascade de saveurs fraise, framboise, grenadine et pêche blanche ».
Vous avertir encore que les serveurs, tels des lions repus, se montrent moins prévenants qu'hier avec moi et que mes lunettes de soleil ont donc pu retrouver leur place habituelle, fichées dans mes cheveux.
Voilà pour le décor de ce mercredi soir et je ne vous ferai pas languir plus longtemps.
20/20 ! C'est la note finale que j'ai mise à votre BA matinale un peu… désordonnée : j'ai ajouté en effet au 10/20 incompressible, 3 points pour vos cage-bémol-refrain et 7 points pour récompenser l'originalité de votre pluie de Perséides de la veille et votre silence poétique à titre de contrôle continu.
Une note indiscutable puisque c'est moi la prof !

Mais j'aimerais surtout revenir sur votre refrain, votre non-chalance qui vous permet de ne jamais exiger la moindre explication de ma part, de ne jamais intervenir dans ma vie, de toujours installer au contraire une distance de fuite entre vous et moi, de rester neutre en définitive dans le couple de notre amitié.
Voyez, j'ai été très sensible à votre silence poétique, si sensible qu'il m'a donné idée que cette neutralité, cette nonchalance qui m'exaspère chez vous pour être honnête, cette seconde nature héritée il y a si longtemps, pouvait être liée à l'extrême sévérité avec laquelle vous vous êtes jugé ce matin. Comme si vous étiez coupable de quelque chose de très grave que vous auriez peur de recommencer avec moi, autrement dit, comme si vous aviez peur de me faire du mal ?
C'était mon *paradise dream* ou ma prise de tête du mercredi si vous préférez car j'en suis parfaitement consciente, je n'ai pas vos talents d'éloquence, de poète, de conteur-né, de griot comme on dit chez moi. Je rentre.

*

moimemegianni@gmail.com > Ak
Date : mercredi 01 septembre ... à 20:07

Bizzzous affolés dans le cou !
Excusez, chère professeure en blouse grise, cette preuve d'affection trop rapprochée tout autant inédite qu'involontaire, mais je n'y peux rien car c'est vous qui êtes en train de me marcher sur les pieds et même de me les écraser ! La faute à votre système de notation étrange qui sème le doute dans mon esprit et prend de court ma distance de fuite. Pensez donc, c'est le premier 20/20 de toute ma scolarité ! Il faut dire que j'étais passablement distrait durant mes études...
P-S : mes plus plates excuses pour la prise de tête, car c'en est une, que je vous ai imposée. En effet, vous aviez vu juste, j'ai joué les cabots hier soir sinon de grand matin, étant persuadé que votre survie professionnelle ou autre ne dépendait

tout de même pas d'un petit message de ma part. Je me doute bien que vous n'êtes pas en porcelaine, que vous avez un tempérament bien trempé, que vous n'attendez pas après moi pour réaliser votre vie et je n'ai fait qu'ironiser sur la place irremplaçable que je pouvais y occuper uniquement pour vous faire rire. Ce qui ne pouvait pas échapper à une future prof de génie, évidemment, capable de mettre un 20/20 à un devoir désordonné ! Alors oubliez votre histoire de culpabilité, je n'ai jamais fait de mal à une araignée, c'est vous dire, et je ne suis donc pas du tout terrorisé à l'idée que je pourrais vous en faire. Je n'ai jamais tué personne, je ne suis pas un *killer* et encore moins celui qui rôde sur votre Vieux-Port… si jamais vous y aviez encore songé à tout hasard dans votre *paradise dream*.

*

mer 01 sept 20:14

Cabotin ce matin et de mauvaise foi ce soir car vous allez bientôt m'avouer que vous m'avez violée malgré vous sous prétexte que je vous avais approché encore d'un peu trop près ! Mais ce qui est fait est fait et si vous n'avez pas envie que je vous marche sur les pieds, vous n'avez qu'à me faire des bisous dans le cou plus souvent — de votre propre initiative — car j'adore les bisous dans le cou. C'est tout ! ak

P.-S. : il y a des culpabilités inconscientes… mais bon, j'accepte volontiers m'être trompée ! Ça m'arrange et autant vous le dire tout de suite, je ne sais pas si notre amitié pourrait survivre si j'apprenais un jour que vous étiez un tueur en série. Ce qui n'empêche pas le nôtre de récidiver : un troisième cadavre aurait été retrouvé, apparemment, et je pourrais aller à la pêche aux informations si ça vous intéresse, même si ce n'est vraiment pas ma tasse de thé.

*

mer 01 sept 20:18

Bizzzous dans le cou. Ça m'intéresse. Bonne soirée.

*

mer 01 sept 20:25

Vous me semblez bien pressé. Vous récidivez avec la bande ?
ak
P.-S. : je préfère les bisous affolés aux bisous courant d'air.

*

mer 01 sept 20:29

Promis, demain je vous en fait livrer un beau coffret. Ce soir je ne peux pas, trop empêtré que je suis dans ma mauvaise foi et ma récidive pour ne rien vous cacher.

*

mer 01 sept 20:36

Je ne savais pas qu'ils pouvaient exister sous un tel conditionnement et je suis impatiente d'en tester les effets ! Ce qui n'excuse en rien, soyons clairs, votre mauvaise foi bien réelle du jour et à votre place je demanderais de l'aide à la bande pour m'en défaire car tout seul, hum, je crains que vous n'y arriviez pas, les liens sont trop serrés.
Et maintenant, disparaissez de mon écran, je vous ai assez lu ! ak

*

akeita@orange.fr > g.esposito
Date : jeudi 02 septembre ... à 15:24

Si j'avais pu prévoir que vos bisous en coffret étaient de cette nature ! Une chose est sûre, vous m'avez encore bien eue et encore créé l'attraction au Bell'Vue. Les copines n'ont pas arrêté de me chambrer durant la pause-repas. Y compris le directeur qui lui aussi a remis le couvert avec une petite phrase assassine que je vous dirais bien, mais avec votre distance de fuite je ne sais plus, j'ai toujours peur de vous marcher sur les pieds en vous racontant librement ma vie !
Et j'espère que vous ne m'en voudrez pas d'avoir braqué les

projecteurs sur vous en répartissant de la sorte vos trois coffrets de chez Krajner — mazette ! — car il faut me comprendre, c'était trop d'émotion et j'en étais horriblement gênée : j'ai offert le premier aux copines qui lui avaient déjà fait un sort avant la reprise ; le second, je l'ai réservé au directeur qui l'a aussitôt déposé à la réception à l'intention de la clientèle dans une mini-glacière en verre transparente que je n'avais encore jamais vue à l'hôtel ; et j'ai gardé enfin la dernière, pour ne pas risquer d'éventer la légende du petit ami du Nord en dédaignant ses prévenances !
P.-S.1 : 20/20 pour m'avoir permis de vivre le premier éveil du monde... de mes sens car l'effet de vos bisous chocolatés sur ma peau a été immédiat. Mais je me garderai bien de vous en faire une longue description détaillée de peur d'éveiller votre lubricité, tout homme abritant un pervers potentiel !
P.-S.2 : petite remarque pâtissière, les bisous chocolatés dans le cou parviennent à masquer sans problème l'acidité naturelle de la mauvaise foi...

*

akeita@orange.fr > g.esposito
Date : jeudi 02 septembre ... à 20:23

P.-S.3 : dernier effet le plus inattendu de vos bisous-surprises en coffret que j'ai éprouvé en quittant ce soir le Bell'Vue car il n'est pas du tout sensuel : me voilà avec une envie féroce de pianoter sur mon portable, de piétiner votre nonchalance qui vous a empêché ce mardi de me demander pourquoi j'avais décidé de bifurquer dans ma vie pro ou même beaucoup plus. Oui, l'envie non négociable de tout vous expliquer, là, tout de suite, sans me soucier de ce que vous pourrez bien en penser !
Il faut que je vous dise, l'année de mes 15 ans j'en ai voulu à mort à ma mère et je crois que je l'aurais tuée pour de bon si je ne l'avais pas défiée sans réfléchir, ce qui m'obligeait à la maintenir en vie pour lui montrer un jour que j'avais eu

raison, que mon défi n'était pas irréalisable...

*

jeu 02 sept 20:27
Tendre baiser sur la joue gauche.

*

jeu 02 sept 20:33
Ce sera tout pour aujourd'hui.

*

jeu 02 sept 20:38
Un autre sur la joue droite !

*

jeu 02 sept 20:44
... Oh ! ce jour-là je lui ai jeté à la figure des mots durs, très durs, qui ont dépassé ma pensée...

*

jeu 02 sept 20:47
Un troisième sur le bout du nez !

*

jeu 02 sept 20:54
... C'était un 12 mai, comment l'oublier, je l'ai reniée, je lui ai dit d'une voix glaçante qu'elle n'était plus ma mère...

*

jeu 02 sept 20:56
Un tout petit en supplément sur le front !

*

jeu 02 sept 21:02
... J'ai ajouté de la même voix sans éclat qu'à 18 ans je quitterais

la maison, qu'elle ne me verrait plus...

*

jeu 02 sept 21:06
Je crois que j'en ai oublié deux très légers pour les yeux !

*

jeu 02 sept 21:11
... Que je me débrouillerais seule pour étudier, que je n'avais pas besoin de son argent sale qui me souillait le sang...

*

jeu 02 sept 21:14
J'allais oublier le menton !

*

jeu 02 sept 21:24
... Et le jour de mes 18 ans, non, la suite, là, je préfère vous prévenir à cause de notre amitié, trop peur qu'elle la détruise gratuitement car je me demande bien ce que vous allez penser de moi après ça...

*

jeu 02 sept 21:33
La même chose que vous penserez de moi Astou après ce dernier petit baiser sur la bouche, du bout des lèvres, puisque je ne sais plus où déposer mon affection sur votre visage dans le secret espoir de le voir renaître, se parer à nouveau d'innocence, la toute première, celle du nouveau-né. J'ai très peur moi aussi vous savez ! Gianni

*

jeu 02 sept 22:26
C'est elle qui est partie, sans prévenir, sans laisser d'adresse, ne laissant sur la toile cirée de la cuisine à carreaux qu'une

grosse enveloppe en papier kraft gonflée de petits rouleaux de billets tenus par des élastiques sur laquelle elle avait simplement écrit en haut à droite, à l'endroit du timbre : ARGENT SALE. ak

*

jeu 02 sept 22:31

Tendre baiser sur votre ventre.

*

jeu 02 sept 22:35

Pourquoi mon ventre ?

*

jeu 02 sept 22:39

Vous m'avez dit rêver d'une vie de famille, non ?!

*

jeu 02 sept 22:47

Arrêtez ! Là, vous m'embrouillez complètement avec vos baisers virtuels qui me picorent de partout. C'est tout l'effet que vous fait mon histoire ? Mais elle est TERRIBLE Gianni, mon histoire.

*

jeu 02 sept 22:56

Je n'en doute pas, Astou, et je suis prêt à l'écouter jusqu'au bout si vous le désirez, ce soir, un autre jour, quand vous le souhaiterez si cela vous fait du bien, vous soulage. Poser ses valises, tout se dire, les amis servent à ça, n'est-ce pas, mais je vous l'ai déjà dit. De même que je n'ai aucune intention de me faire des idées sur vous, je ne suis ni juge, ni avocat, psychologue que sais-je encore et je ne désire pas davantage faire le procès de vos malheurs passés. C'est pareil, cela ne me servirait à rien. Toujours ma nonchalance... Je préfère

leur opposer des émotions positives, c'est la seule chose que je sais faire, vous picorer d'affection, partager avec vous des instants de bonheur qui vous permettent de vous ressourcer si possible.
G.

*

jeu 02 sept 23:05

Votre satanée nonchalance, pardi, mais où avais-je la tête ! J'avais déjà oublié que je devais faire les questions et les réponses. Eh bien tant pis pour vous, j'ai bien envie de TOUT vous expliquer et pas plus tard que cette nuit, maintenant. Par exemple, si vous n'étiez pas indifférent, dès mes premiers mots, au lieu de me faire un bisou sur une joue, vous m'auriez tout de suite demandé pourquoi j'en voulais à mort à ma mère. ak

*

jeu 02 sept 23:09

Gianni ?

*

jeu 02 sept 23:13

Je vous écoute Astou.

*

jeu 02 sept 23:25

Eh bien là, je vous aurais répondu qu'à 15 ans, j'avais appris que ma mère ne faisait pas que la bonniche au Bell'Vue, mais aussi la pute ailleurs, oui, poule de luxe si vous préférez, ce mot n'a pas changé lui aussi. Il faut dire qu'elle était vraiment belle femme. ak

*

jeu 02 sept 23:34

D'accord.

*

jeu 02 sept 23:37

D'accord quoi ?

*

jeu 02 sept 23:42

Vos mots durs à son égard, c'était ça...

*

jeu 02 sept 23:46

Oui, c'était ça.

*

jeu 02 sept 23:49

Votre job de sociologue, c'était pour ça aussi...

*

jeu 02 sept 23:53

Oui, à cause de ça.

*

jeu 02 sept 23:57

Et votre immersion au Bell'Vue...

*

ven 03 sept 00:04

Oui ! Oui et oui ! Vous n'allez tout de même pas me reposer éternellement la question, sinon nous risquons d'y passer la nuit. Vous feriez mieux de me demander ce que j'ai fait de l'argent qu'elle m'avait laissé... ak

*

ven 03 sept 00:08

Je fais confiance à la sociologue.

*

ven 03 sept 00:14

Vous êtes vraiment drôle tout de même, Gianni. J'aurais pu vous annoncer que j'avais tué père et mère, n'importe qui, vous m'auriez répondu la même chose, que vous préférez me picorer d'affection, partager avec moi des moments de bonheur ?

*

ven 03 sept 00:18

Mais vous ne m'avez rien dit de tel, Astou, et par contre, vous désiriez à l'instant me révéler l'usage que vous aviez fait de cet argent laissé par votre mère…

*

ven 03 sept 00:22

J'ai failli le brûler figurez-vous, emportée que j'étais par ma colère, car je ne pouvais le donner à personne. J'avais l'impression qu'en le faisant, j'allais souiller d'autres sangs à mon tour. Mais le vide laissé par son départ était tel que j'ai fini par ravaler mes larmes et ma colère. Cet argent, c'était la seule chose qui me restait d'elle, qui marquait sa présence et je l'ai utilisé rouleau après rouleau pour mes études, même si je m'étais juré de ne pas le faire. ak

*

ven 03 sept 00:27

Seriez-vous prête à m'épouser Astou ? Me dire OUI tout de suite pour la vie et même un peu plus si possible, je nous verrais bien pousser la porte de l'au-delà main dans la main avec dans l'autre un bâton de lumière pour moi et un drap de bain pour vous ?!

*

ven 03 sept 00:35

C'est bien ce que je craignais. Votre nonchalance affichée,

c'était l'arbre qui cachait la forêt : votre folie pure ! Vous déraisonnez complètement Gianni et jamais une sociologue ne répondrait oui à une telle demande, à moins d'être aussi folle que vous. En tout cas pas avant d'en avoir fini une bonne fois pour toutes avec son histoire, car vous ne lui avez pas demandé le plus essentiel à ses yeux, si elle avait revu ou non sa mère depuis tout ce temps... ak

*

ven 03 sept 00:39

Vous ne l'avez pas revue et vous portez depuis 17 ans le poids de cette absence en vous, comme si vous aviez commis le pire des crimes. C'est cela la vérité, Astou, n'est-ce pas ?...

*

ven 03 sept 00:44

Vous ne cessez de la chercher et cette quête impossible vous rend aveugle au reste du monde, à moi comme à d'autres. À tous les autres...

*

ven 03 sept 00:50

Et pour votre malheur, il faut que vous ayez encore, hélas, parfaitement raison face à ma nonchalance, à mon indifférence comme vous dites, jamais je ne pourrai me mettre à votre place, partager cette culpabilité que vous vous êtes forgée et qui vous enferme dans une bulle étanche...

*

ven 03 sept 00:56

Parce qu'il n'y a pas moyen de partager le malheur des autres Astou, malgré tout ce qu'on peut dire. Le malheur ne se partage pas, on le surmonte dans le meilleur des cas, si on parvient à se ressourcer, à repartir d'un bon pied, à grappiller de nouveau des instants de bonheur dont on avait fini par croire qu'ils nous étaient interdits, et ce n'est déjà pas si mal...

*

ven 03 sept 01:04

Enfin, tout cela, c'est ce que le fou qui vous parle pense de cette face noire de la vie. À moins de renouer avec l'innocence, la spontanéité, il ne voit pas comment s'en sortir...

*

ven 03 sept 01:08

Bonne nuit Astou, il est tard et il est peut-être sage d'aller dormir. Alors faisons comme dans les contes de notre enfance, comme si une bonne fée nous avait donné la permission de minuit mais pas davantage.

*

ven 03 sept 01:13

Gianni ?

*

ven 03 sept 01:18

Bonne nuit Astou, je suis toujours votre ami.

*

ven 03 sept 01:24

Moi aussi ! Mais je n'ai pas envie de dormir.

*

ven 03 sept 01:27

Essayez de compter les moutons !

*

ven 03 sept 01:33

Je n'y arrive pas.

*

ven 03 sept 01:37

Essayez de toucher leur laine, de les caresser en les comptant.

*

ven 03 sept 01:42
Mais ça ne marche pas Gianni. J'ai encore envie de vous entendre.

*

ven 03 sept 01:48
Si vous insistez, vous allez bientôt m'entendre ronfler, et vous serez déçue. Essayez de donner un petit nom à chacun d'eux...

*

ven 03 sept 01:52
Je serais capable de vous caresser toute la nuit et de vous donner mille petits noms comme les moutons que je dois compter pour vous en empêcher !

*

ven 03 sept 01:56
Tendre baiser sur votre cœur Astou.

*

ven 03 sept 02:02
Gianni ?

*

ven 03 sept 02:06
...

III

Allegretto

sam 04 sept 11:49

Toc, toc, toc !
Bonjour Astou,
Sincèrement désolé, c'est vous qui avez compté les moutons cette nuit et c'est moi qui suis resté endormi ce matin !
Tendre baiser où vous voulez, si vous le désirez.
À moins que vous ne soyez en pétard depuis votre réveil contre un nonchalant gros dormeur… pour ne rien arranger.

*

sam 04 sept 13:19

N'aggravez pas votre cas, espèce de geai cajoleur que vous êtes, ou je vais finir par vous classer sur ma liste des connaissances nuisibles à éviter. Je vous expliquerai ce soir. Bisou indulgent, mais n'y revenez pas de la journée. ak
P.-S. : pour le tendre baiser, laissez ma peau tranquille, il me faut du sucré aujourd'hui et les caramels Salidou ont déjà ma faveur… même si vous ne voulez rien savoir, je suppose, de mes petits péchés.

*

sam 04 sept 13:27

Quitte à pécher, autant avoir bon goût et me voici rassuré ! À ce soir. Seul bémol, je risque de rentrer tard. Je vous ferai signe.

*

akeita@orange.fr > g.esposito
Date : samedi 04 septembre ... à 20:27

Gianni ? Je sais, vous deviez me faire signe mais là, je tombe de sommeil après ma nuit presque blanche. Eh oui, j'ai eu beau compter vos moutons, essayer même de les compter à reculons à partir de 1000, leur trouver à tous un petit nom, rien n'y a fait. J'ai fini par relire tous nos échanges depuis le 15 juin, c'est vous dire si j'étais énervée, ou plutôt excitée car je n'arrivais peut-être pas à dormir mais je ne sentais aucune fatigue, aucun sommeil me gagner. Et surtout, plus je vous relisais, moins j'arrivais à vous en vouloir de m'avoir mise dans un état pareil. Un peu comme si vos paroles qui m'ont prise en otage depuis le premier jour (si, si, la sociologue pèse ses mots, en relisant ça saute aux yeux) avaient déclenché en moi une sorte de syndrome de Stockholm. Je ne vais pas vous expliquer ça, je suppose que lorsqu'on plonge dans la réalisation de *thrillers* on connaît ce phénomène, mais je suis ressortie de ces relectures successives parfaitement convaincue d'une chose : vos cajoleries nonchalantes et si naïves exercent sur moi le même effet que celles d'un gourou sur une oie blanche. Aussi je ne sais pas si vous êtes en train de gagner votre pari de me ressourcer, mais là, votre fréquentation commence vraiment à me donner le vertige car c'est la première fois de ma vie que j'ai oublié comme vous de me réveiller ce matin et je suis arrivée avec une bonne heure de retard au Bell'Vue. Pire, à relire mes propres répliques, je n'ai pu m'empêcher de les trouver si naïves elles aussi comme si je me laissais prendre au leurre des vôtres, car ce ne sont que des mots d'enfants tout ça, Gianni, des enfantillages et rien d'autre. Vous comprenez ? Et je suis sincèrement désolée, mais une fois dégrisée de mon excitation de cette nuit, je repense toujours à mes malheurs passés qui ne vous intéressent pas. Enfin, je ne vous ennuierai pas plus longtemps avec mes cacardements d'oie épuisée que les Salidou ne parviennent même plus à tenir éveillée !
À demain,

*

sam 04 sept 23:52

… Votre ravisseur vient de rentrer, bonne nuit.

*

dim 05 sept 05:39

Bonjour Astou,

J'ai relu longuement vos cacardements d'oie épuisée et je ne sais pas trop quoi vous dire de grand matin. Qu'allez-vous penser de moi si je vous demande tout de go si l'otage gourmande que vous êtes s'est réveillée avec un vertige persistant ? Si ses malheurs passés sont encore venus hanter ses rêves ? Et pourtant c'est ce qui me vient le plus spontanément à l'esprit.

*

dim 05 sept 05:52

Comment vous expliquer en effet qu'il m'est impossible de respecter autrement votre passé douloureux qu'en m'abstenant justement de m'y intéresser. Je sais, vous allez encore vous moquer de mes enfantillages, mais je viens d'achever le dernier Nothomb, *Premier sang*, et j'ai presque envie d'ajouter ce que l'auteure fait dire à son héros au moment clé du dénouement : je refuse de m'y intéresser *par respect de votre âme*, parce que je refuse de vous condamner dans cette triste histoire, voilà tout. Le jour de vos 15 ans, quand vous avez jeté à la figure de votre mère des mots très durs, *ce n'était ni bien ni mal, vous n'avez fait que votre métier* d'adolescente. Vous l'aimiez tout aussi follement que le sont mes enfantillages. Mais je refuse tout autant, à l'inverse, de condamner votre mère parce que votre sang se confond avec le sien, premier sang… même sang, et lorsqu'elle vous a

*

dim 05 sept 06:04

… abandonnée le jour de vos 18 ans, soyez sûre qu'elle vous aimait tout aussi follement que vous, aussi insensé que cela

puisse vous paraître. Le cœur a ses raisons..., vous le savez comme moi, mais je m'arrête là, à quoi bon, j'ai déjà trop parlé puisqu'il n'y a rien à comprendre dans ce genre d'histoires. Et tant pis si j'échoue dans mon pari, si notre amitié vient se fracasser contre ce récif de votre mémoire qui semble avoir également raison de mes enfantillages. Je vous demanderai simplement demain matin un peu comme aujourd'hui, à la même heure, si l'oie blanche du Bell'Vue qui désespère de sa candeur s'est réveillée avec un vertige persistant, si ses malheurs passés sont encore venus hanter ses rêves ou si elle a pu reprendre un envol paisible au-dessus du Vieux-Port ?
G.
P-S : serais-je en tout cas jamais capable de tomber amoureux d'une jeune femme, si cela devait arriver, autrement que follement, comme vous et votre mère savez aimer.

*

lun 06 sept 06:13

Fol enfant,
Si cela peut vous éviter un réveil matinal inutile, je voulais juste vous signaler que votre oie blanche n'a pas attendu le lever du soleil prévu à 7h05 ce lundi pour s'essayer à son envol. Je la vois courir sur l'eau avec ses petites pattes palmées, elle y est presque. Aussi, prière de ne pas la distraire durant cette course éperdue en lui reposant des questions désormais périmées. ak

*

lun 06 sept 06:18

Oscar Bravo Delta Bravo-Victor. Reçu 5 sur 5. Vous me paraissez en pleine forme ce matin, autorisée au décollage ! Rappelez-moi quand vous serez en vol stationnaire. Bonne journée.
G.

*

lun 06 sept 06:32

Golf India Alpha November Nov… votre langage aéronautique est parfait et je pense avoir déchiffré juste : l'Oie Blanche du Bell'Vue n'a plus le vertige et survole à bonne altitude vos enfantillages dont elle s'amuse à présent. Aussi s'autorise-t-elle pour vous le prouver ce petit piqué… vertigineux dans la dérision en acceptant de répondre à votre question loufoque de ce jeudi : c'est un OUI… MAIS car elle veut encore s'assurer que votre effet d'annonce concernant l'au-delà est bien le fruit de votre folle innocence d'esprit et non celui d'un vulgaire délire mégalomaniaque ! Bisou voltige, ak

*

lun 06 sept 06:40

Vous me semblez voler à très haute altitude tout à coup car j'avoue que la nuance que vous percevez entre un esprit follement innocent et un autre plutôt mégalomaniaque m'échappe complètement ! Pourquoi vouloir préférer l'un à l'autre, puisqu'ils sont aussi déraisonnables ? N'est-ce pas une excellente invention machiavélique de votre part afin de pouvoir me répondre NON dans tous les cas, un peu plus tard, quand vous aurez fait semblant de réfléchir ?…

*

lun 06 sept 7:45

Aussi déraisonnables peut-être, sauf que le premier est un artiste, le second ne l'est pas ! Et je ne veux pas épouser celui-ci, mais celui-là. Avouez que proposer à une fille qu'on ne connaît que par sms interposés depuis moins de 100 jours, qu'on ne parvient d'ailleurs toujours pas à tutoyer et sans même l'avoir vue de l'épouser, ça frise l'imposture tout de même ? Et prétendre lui assurer en même temps une fidélité sans limite, vous admettrez qu'entre le geai cajoleur innocent et l'ara beau parleur passablement cynique j'ai le droit de m'interroger, non ? ak

P.-S. : ne seriez-vous pas en train de tomber amoureux que

vous avez peur que je vous dise NON, que je vous éconduise ni plus ni moins après mûre réflexion ?!

*

lun 06 sept 09:07

Concernant votre post-scriptum, aucun risque, c'est une simple question de bon sens ! Vous semblez lire dans mes sentiments comme dans un livre grand ouvert et dans ce cas vous savez que je n'ai de toute manière aucune chance. Jamais vous ne vous laisserez abuser par un beau parleur cynique !
Quant au tutoiement, il est vrai que je tutoie d'habitude mes amis, mais avec VOUS, c'est différent, sans trop m'expliquer pourquoi.
Peut-être parce que moi aussi je m'autorise encore le droit de m'interroger sur votre compte, mais pour de tout autres raisons que les vôtres.
Pensées mutines,
G.

*

lun 06 sept 12:53

Quelles raisons par hasard ? ak

*

lun 06 sept 12:59

Disons qu'à l'inverse des sentiments subtils, mitigés que vous éprouvez à mon égard et qui balancent toujours entre le bien et le mal, je suis sûr d'avoir rencontré la fille par excellence, la plus extraordinaire, unique pour tout vous dire, que je n'espérais jamais pouvoir rencontrer et que je n'aimerais donc surtout pas décevoir, d'autant que la sociologue que vous êtes doute toujours de moi. C'est aussi simple que cela dans ma tête.
Pensées carrées,
G.

*

lun 06 sept 13:24

J'admire la simplicité de vos pensées carrées ! Et je ne suis pas étonnée qu'elles séduisent le matheux que vous êtes :
1) vous dites que je suis une fille extraordinaire,
2) et puisque cette fille extraordinaire doute de vous,
3) vous avez donc peur de la décevoir.
Sauf que tout s'écroule si cette fille ne pense pas être la fille que vous croyez être, surtout depuis qu'elle vous a raconté une histoire de famille dont elle n'a aucune raison d'être fière. Aussi, elle ne peut s'empêcher de douter de vous à son tour et nous n'aurons donc jamais fini de douter l'un de l'autre. Nous n'arriverons jamais à nous faire confiance ni à nous tutoyer. En vérité, vos pensées carrées ont beau être simples, elles ne nous sont d'aucun secours. Je ne sais pas si je me suis bien fait comprendre, mais que pensez-vous de ma conclusion ? ak

*

lun 06 sept 13:37

J'ai mes pensées carrées et les vôtres sont limpides. C'est merveilleux !
Vous avez parfaitement compris ma pensée. Celle-ci repose en effet sur ce qu'on appelle en mathématiques un postulat, une affirmation indémontrable : *Vous êtes une jeune femme extraordinaire, la seule femme idéale dont je pourrais réellement tomber amoureux !*
À partir de là, comme dans cette discipline de l'esprit on a l'habitude de donner aux postulats le nom de leur auteur, je pourrais l'appeler le postulat d'Esposito, mais comme j'imagine sans mal que tout être réellement amoureux du fond du cœur doit penser que la personne qu'il aime est l'être le plus extraordinaire au monde, je préfère le nommer *le postulat de l'être sentimental* !
Cela précisé, je pourrais encore ajouter que l'avantage d'un postulat mathématique n'est pas mince parce qu'il permet de résoudre pas mal de problèmes réputés sans lui inso-

lubles, mais je ne vais pas vous ennuyer avec mes bavardages de matheux.
G.

*

lun 06 sept 13:43

Bien sûr que vous êtes bavard, mais puisque c'est la seule certitude que je me fais de vous, ne vous privez surtout pas : quels problèmes votre postulat permettrait-il de résoudre dans notre cas ? ak

*

lun 06 sept 13:49

Oh, ce n'est pas bien compliqué, c'est toujours simple en maths ! Si vous parvenez à admettre ce postulat, à le comprendre, en faire une vérité, votre étoile polaire parce que c'est tout simple la vérité, c'est une boussole, vous ne culpabiliserez plus au sujet du départ de votre mère. Cela vous fera le même effet que si vous ressortiez d'un bain revigorant sous une source cristalline dont le bruit de l'eau vous aurait délicieusement bercée. Vous vous sentirez lavée de ce sentiment d'indignité qui vous colle à la peau, comme si vous n'aviez plus le droit d'être heureuse depuis qu'elle vous a laissée seule.
Alors très vite, par effet boule de neige, vous verrez que vous l'innocenterez à votre tour. Vous serez dans le même état d'esprit que le mien !
À ce moment-là, comme vous vous sentirez grandement soulagée, que vous vous sentirez légère, si légère, vous admettrez sans peine que

*

lun 06 sept 13:58

... le geai que je suis peut vous cajoler sans arrière-pensée, en toute sincérité.
Et puisque vos sentiments à mon égard seront devenus

légers, limpides eux aussi, vous ne pourrez que tomber naturellement amoureuse de moi comme je le suis déjà de vous en théorie grâce à mon postulat et je parviendrai alors à vous tutoyer sans la moindre difficulté.
Sans compter que notre comédie sentimentale ne pourra désormais qu'évoluer vers un *happy end* infaillible, puisque c'est… mathématique !
Pensées en l'air,
G.
P-S : je vais m'éloigner de Paris quelques jours, une semaine, pour une poignée d'heures hors du monde, sans portable, smartphone, journaux, revues ni télé. J'ai toujours besoin d'un tel « jeûne » à cette époque de l'année et n'allez surtout pas croire à une quelconque dérobade de ma part. Notre amitié n'est pas en jeu, juste une respiration nécessaire dans mon job.

*

lun 06 sept 16:06

On verra Gianni pour la suite de nos échanges puisque de mon côté, en ce moment, je ne ressens aucun besoin urgent de faire le vide autour de moi. Bien au contraire, je désire une présence forte qui puisse me retenir, m'enlacer, me préserver du vide.
Bisous terriens, ak
P.-S. : je vais simplement profiter de votre absence pour essayer d'attraper vos pensées en l'air.

*

lun 06 sept 16:37

Cette présence forte, mais vous l'avez déjà en vous Astou, puisque vous la désirez aujourd'hui, que vous avez envie d'être serrée dans des bras forts ! C'est que vous avez besoin d'amour, que vous êtes comme moi en train de tomber amoureuse. Et vous remarquerez que votre amour est aussi théorique que le mien, même si ce n'est pas pour la même

raison puisque cette présence à laquelle vous ne parvenez pas encore à donner un visage, un nom précis, demeure encore une grande inconnue pour vous. De toute manière, je viens de penser à un plan B si ma démonstration ne vous a pas convaincue. Dans l'intervalle, je vous propose de continuer à nous vouvoyer en toute simplicité. Vous pouvez déjà m'envoyer autant de messages que vous le souhaiterez pendant cette semaine, j'y répondrai sitôt mon jeûne achevé, dès la première heure de mon retour... sur terre. Vous verrez, vous comprendrez bientôt mon postulat.
Sève d'optimisme,
G.

*

akeita@orange.fr > g.esposito
Date : lundi 06 septembre ... à 21:55

Inutile de me parler au futur monsieur le magicien des mots et nouveau Robinson d'une île insoupçonnable, je vois tout à coup les ficelles trop grosses de vos « vous verrez, vous comprendrez » qui en tuent tout le mystère : je vois déjà et fort distinctement !
Votre sève, votre optimisme débordant, ça y est, Bob l'éponge est de retour ! Et après le paradoxe de Diderot qui devait nous aider à mettre plus de sobriété dans notre amitié balbutiante afin de parvenir à la jouer avec génie, oui Gianni, ce sont vos propres mots, je n'invente rien, moi, vous n'avez qu'à vous relire, voilà que maintenant, dans l'urgence d'une nouvelle absence qui tombe décidément toujours au moment-clé, votre postulat miracle devrait très prochainement nous faire tomber dans les bras l'un de l'autre sous le doux chant d'une source cristalline !
Aussi, ne vous étonnez pas de mon nouvel état dépressionnaire juste avant votre évasion dans la préhistoire, au temps merveilleux où la vie des hommes, justement, n'était pas en permanence parasitée par les dépits de jeunes femmes litté-

raires qui ne comprennent rien à votre génie mathématique hors du commun, pensez, « aléatoire », qui doit assurer à notre comédie sentimentale rien moins qu'un *happy end* de toute évidence inédit. Cela coule de source, évidemment, et excusez ce mauvais jeu de mots, aussi plat, convenu que vos inventions à la chaîne qui n'ont plus rien d'artistique, qui me contrarient plus qu'elles ne me font rêver. Et je n'ose penser à votre plan B dont les ficelles doivent être carrément des cordages de paquebots !
Mais bon, j'ai bien conscience d'être injuste envers vous qui m'offrez si généreusement une sève d'optimisme infaillible et des plus rares dont je vais me dépêcher de parfumer mes tartines beurrées du petit déjeuner avec parcimonie afin d'en retirer le plus longtemps possible, au moins toute la semaine, les bienfaits inavouables. Bisous chagrins,
P.-S. : je m'en veux un peu pour ce mél tardif car j'aurais tant aimé que vous puissiez le lire et y répondre avant votre grande évasion, mais j'ai passé toute la fin de l'après-midi et le début de soirée à me demander si une jeune femme extraordinaire, la seule femme idéale dont vous pourriez réellement tomber amoureux, ce sont toujours vos propres mots Gianni, ne perdrait pas son temps à vous l'envoyer !

*

akeita@orange.fr > g.esposito
Date : mardi 07 septembre ... à 22:41

Le temps s'est amélioré à Marseille au cours de la journée. Les éclaircies annoncées ont bien été au rendez-vous à la faveur d'un léger vent du sud-est. Voilà, c'était mon bulletin météo du jour, une simple bouteille d'eau pure jetée à la mer par une jeune femme extraordinaire à son ami visionnaire en plein jeûne !
Voyez, mon état dépressionnaire aura bénéficié sans aucun doute du vent marin d'aujourd'hui, je ne vous parlerai plus de mes états d'âme, je crois vous en avoir assez dit sur mon passé

puisque me voici toute nue devant vous quand vous ne vous êtes même pas séparé à cette heure de vos lunettes noires, j'en suis sûre. Alors ne parlons pas de votre chapeau cabossé, de vos chaussettes blanches et de vos culottes courtes pour m'en tenir aux effets les plus remarquables de votre personnage. Et plus sérieusement, vous m'aviez promis de me mettre un jour dans la confidence au sujet de votre idéal si la survie de notre amitié était en jeu. Vous vous en souvenez, j'espère, même sur votre île déserte. Eh bien je crois que ce jour est venu en ce mois septembre.

*

akeita@orange.fr > g.esposito
Date : mercredi 08 septembre ... à 19:55

Aujourd'hui, comme promis, j'ai étudié vos pensées en l'air avec une attention toute particulière et avec le plus de minutie possible votre fameux postulat qui doit ni plus ni moins métamorphoser ma vie en un conte de fées. Ce n'est pas rien tout de même et j'aurais tort en effet de ne pas m'y intéresser et surtout de ne pas chercher à mettre toutes les chances de mon côté pour le comprendre. Et je crois avoir trouvé la piste la plus sûre pour que votre affirmation indémontrable me rentre dans la tête : il suffirait que je retrouve ma mère. Voilà !

*

akeita@orange.fr > g.esposito
Date : jeudi 09 septembre ... à 13:05

Là, Robinson, vous venez de faire une grave entorse à votre jeûne et même si la solitude dans laquelle me plonge celui-ci n'est pas du tout à mon goût, vous mériteriez que je vous mette à l'amende. Le paquet qui vient d'être livré à mon attention au Bell'Vue montre que vous n'avez pas la tête tout à votre entreprise de déconnexion du monde, sans compter qu'il me dérange moi aussi : son emballage aveugle, même si je n'ai pas douté un instant qu'il ait surgi de vos mains de prestidigitateur, me paraît au plus haut point suspect. Je n'ai pu m'empêcher durant la pause de midi de garnir ses faces aveugles des 21 points d'un dé que j'ai lancé pour savoir quel avenir il me réservait. Et c'est le UN qui est sorti. Je ne sais comment interpréter ce signe avare ou... unique du destin...

*

akeita@orange.fr > g.esposito
Date : vendredi 10 septembre ... à 11:27

Même si votre dé pour le moins énigmatique me nargue depuis hier sur ma table de nuit, je ne l'ai toujours pas ouvert. Et j'ai malgré tout décidé ce vendredi de mettre un peu d'ordre dans la poursuite de mon idéal féminin sans vous pour le cas où votre dernière invention de génie me resterait inaccessible, même si je m'efforce chaque jour de me persuader que je suis la plus extraordinaire des jeunes femmes ! J'ai postulé plusieurs postes de profs dans toute la France, y compris tout près de chez vous comme je vous l'avais annoncé pour vous faire peur. Plus qu'à attendre...
P.-S. : je vois sur Télérama un documentaire diffusé par France 5 vendredi prochain qui pourra peut-être vous intéresser. Il y sera fait le portrait de Rudy Ricciotti, l'architecte du MUCEM que nous devons visiter ensemble en se tenant la main si j'ai bonne mémoire...

*

akeita@orange.fr > g.esposito
Date : samedi 11 septembre ... à 06:27

Hier, j'ai profité de mon temps libre pour tenir encore une de mes promesses malgré mes réticences ! Je suis allée aux renseignements et notre tueur en série en est bien à son troisième cadavre. L'affaire criminelle semble piétiner un chouia, mais s'oriente vers une histoire de vengeance plus que refroidie d'après ce qui se dit autour du Vieux-Port, et notre tueur serait en vérité une tueuse qui intrigue tout le monde. Peut-être une pute ou une ex qui arriverait à ses fins sur des hommes d'un certain âge, la cinquantaine plus ou moins sonnée en leur infligeant « le coup du lapin » sans la moindre trace de sang, c'est ce qui se dit, avant même qu'ils aient eu le temps de poser leurs chaussures. Personne n'en revient et les « té », « boudiou » vont bon train, et j'ai moi-même dû me faire expliquer car je ne voyais pas du tout en quoi ça consistait. C'est comme ça que j'ai eu droit à nombre de démonstrations jointes à la parole tout aussi sordides les unes que les autres mais qui ne manquaient pas d'imagination ni de précision pour tuer. Je n'en ai pas su davantage et je n'ai pas insisté car ça remuait déjà bien assez en moi. Pour être franche, je commençais à gamberger de mon côté vu l'âge des victimes.

Voilà, je crois avoir coché cette fois toutes les cases de mon agenda concernant ce que je vous avais promis. Demain, je prends le relais de votre jeûne, je me coupe enfin la langue.

P.-S. : et toujours votre dé qui trône, intact, sur ma table de nuit !

*

akeita@orange.fr > g.esposito
Date : dimanche 12 septembre ... à 12:53

Votre carte postale reçue ce samedi, je devrais plutôt dire vos gribouillis de Kerhostin, vous me raconterez, j'ai été bien incapable de les déchiffrer ! Dire que moi, avec mes éternelles plumes blanches, je vous croyais toujours sur une île inhabitée, au fin fond d'un désert ou même après chevaucher les anneaux de Saturne !

Et voilà, c'est comme ça, je m'aperçois que je n'ai pu m'empêcher de vous écrire tous les jours après avoir laissé planer le doute sur nos échanges face à votre éclipse surprise, enfin pas tout à fait… Mais n'allez surtout pas croire, Gianni, je vous vois déjà venir, ou plutôt revenir avec votre histoire réchauffée, je ne suis pas en train de tomber amoureuse, je suis bête et c'est tout, une bête emplumée aux pattes palmées et rien d'autre.

*

akeita@orange.fr > g.esposito
Date : dimanche 12 septembre … à 22:51

P.-S. : pour couronner le tout, et après avoir trop parlé, je le sais, je n'ai pu m'empêcher ce soir en rentrant, d'ôter le papier cadeau de votre dé mystère, sans l'ouvrir toutefois. Mais déjà, *Corpace joaillerie*, imaginez l'oie bête et maintenant… déboussolée que vous allez retrouver, ce sera bien triste à voir, et je ne me risquerai pas demain au moindre envol enflammé, au moindre commentaire au Bell'Vue, de peur de m'étaler sur l'eau les plumes tout ébouriffées au beau milieu de mes consœurs, après une course d'élan interminable…

*

lun 13 sept 17:51

Ça y est, retour dans la civilisation du numérique opérée sans encombre ! Je finis de me rebrancher et je vole à votre secours. J'ai déjà prévenu la SNSM (société nationale de sauvetage en mer) au cas où, on n'est jamais assez prudent ! J'ai rencontré ces sauveteurs à Étel, vous verrez ce sont des hommes en or.
Bizzz iodées de votre Robinson revigoré
G.

*

lun 13 sept 18:07

Un secours en appelant un autre, ne volez surtout pas au mien dans la précipitation et ne dérangez surtout pas vos hommes en or. Tout va bien je vous rassure et surtout, à peine revigoré, ne risquez pas l'accident bête pour m'imiter. Si vous

n'avez pas encore remarqué, pour voler... il vous manque des ailes car si je suis bien une oie blanche, vous n'êtes pas encore un ange il me semble ?!
Bisou de votre étoile polaire, ak

*

lun 13 sept 19:12

Je vois, je vois ! Mes bizzz de l'océan semble avoir de merveilleux effets sur votre moral et je constate avant tout qu'en mon absence les souris ont bien dansé ! Enfin, vous avez surtout bien fait danser les mots sur ma boîte mail... J'ai lu en diagonale et je m'attends au pire ! Mais au cœur de la tempête, si elle doit avoir lieu et quand bien elle serait dantesque, je vous avertis, je garderai le cap, en bon marin breton fraîchement converti et prodigieusement initié par une brochette d'experts.
Ho kariñ a ran
G.

*

lun 13 sept 19:38

Je n'ai pas pu résister, je fête au Queen V cette conversion éclair et surtout votre retour sain et sauf de ce voyage au bout du vide absolu.
Vive le nouveau marin-pêcheur de Kerhostin et son « Je vous aime » couleur locale !
Et je lève à l'instant un *Sex on the beach* à sa santé : vodka, jus d'orange, jus d'ananas. ak

*

lun 13 sept 19:47

L'oie blanche du Bell'Vue se dévergonde à ce que vous me dites mais de grâce, après m'avoir évité le spectacle désastreux d'une noyade ébouriffante en eau salée, je n'aimerais surtout pas qu'à vouloir succomber au « Sex » de manière impromptue... elle périsse noyée dans l'alcool avant même que son marin n'ait eu le temps de l'enlacer avec force !

*

lun 13 sept 19:53

Un verre, ça ne risque rien, mais il fallait bien fêter les retrouvailles, non ! Et c'est une chance pour vous que vous ne traîniez pas à cette heure sur le Vieux-Port car ce soir je crois que je vous aurais pêché sans réfléchir à… l'Épuisette, même affublé de chaussettes bicolores dans des sandales grecques !
ak

*

lun 13 sept 19:59

Et moi j'en aurais profité pour vous parer d'une marinière de la Coopérative Maritime et de son petit bonnet assorti pur coton trouvés à Quiberon, peut-être un peu trop grands ou trop petits dans l'ignorance de vos références vestimentaires et du volume de votre chevelure ! Mais assez badiné, préférant me tenir à distance d'une jeune femme survoltée, je vais me pencher sans plus tarder sur son volumineux cahier de doléances. À plus tard.
G.
P-S : pour l'Épuisette, vous ne pêcheriez rien du tout, puisque vous me l'avez déjà dit je crois, ils sont fermés le soir !

*

moimemegianni@gmail.com > Ak
Date : lundi 13 septembre … à 21:48

J'ai préféré remonter le cours de vos pages afin de m'échauffer très sérieusement avant d'aborder vos nœuds de pensée les plus serrés, les plus spontanés. Et pour éviter de vous faire trop attendre, j'ai adopté le procédé de la réponse incise. Le style en est plus télégraphique mais infiniment plus rapide.
Je commence avec votre post-scriptum tardif d'hier soir, à 22:53, soyons précis :

P.-S. : ... Mais déjà, Corpace joaillerie, imaginez l'oie bête et maintenant... déboussolée que vous allez retrouver, ce sera bien triste à voir, et je ne me risquerai pas demain au moindre envol enflammé, au moindre commentaire cacardé au Bell'Vue...
>>> En vérité, je n'ai pas suffisamment d'imagination pour me représenter une oie bête et déboussolée. Alors je n'éprouverai jamais de tristesse à vous voir et encore moins à vous revoir !

*

moimemegianni@gmail.com > Ak
Date : lundi 13 septembre ... à 22:33

Je poursuis avec votre corps de texte du même jour vers midi :

... Votre carte postale reçue ce samedi, je devrais plutôt dire vos gribouillis de Kerhostin, vous me raconterez, j'ai été bien incapable de les déchiffrer ! ...
>>> C'est sûr que je n'ai pas eu besoin d'aller bien loin pour faire le vide. Un petit village du Morbihan au bord de l'océan a suffi en cette période de l'année, par l'entremise de mon boss à qui j'avais raconté ma lubie de jeûne médiatique et qui, lui, connaît le copain d'un ami, qui lui-même connaît une copine ou une amie, peut-être une parente, comme vous savez ce qu'il en est dans ces cas-là : inutile d'espérer percer le secret de tels carnets d'adresses. Toujours est-il que je me suis retrouvé dans une villa cossue face à l'océan pour y jeûner en paix ! Et alors qu'un soir je m'étais attardé très tard sur la plage, allongé les yeux clos sur le sable jusqu'à la nuit, il m'est arrivé une bien curieuse aventure. Figurez-vous qu'une femme, dont le son de la voix me semblait trahir une communauté d'âge, est venue tomber à la renverse en trébuchant contre mes jambes alors qu'elle s'aventurait au bord de l'eau près des rides tranquilles de l'océan qui léchaient le sable. Et c'est comme cela qu'elle en est venue à me parler de l'ex-

périence d'écriture qu'elle était en train de vivre cette nuit-là grâce à Anne-Marie et François, « deux amis fantastiques », dans le centre de vacances très proche de la villa, *Le Grand Larg*, je crois qu'elle m'a dit ce nom. Alors elle cherchait un endroit qui lui conviendrait pour « se poser », mais qu'elle n'aurait absolument pas « prévu », suivant les recommandations de l'animateur à la lettre. D'où l'idée qui lui était venue de marcher les yeux fermés à reculons sur le sable en s'aidant simplement du léger murmure de l'eau pour se guider. Et après, une fois qu'elle aurait trouvé « son nid » au bord de l'océan, comme elle l'a dit, il ne lui resterait plus qu'à attendre que les mots « viennent dans sa tête la visiter en quelque sorte, comme des bulles qui remontent du fond d'un étang », l'animateur était confiant ! « Peut-être des bribes de phrases, des phrases entières », qu'il lui suffirait d'écrire dans la nuit sur son carnet avant de revenir au centre pour « les mettre au propre » et les partager enfin avec les autres participants qui s'adonnaient à cet exercice d'écriture singulier « où on commence à écrire sans savoir où tout cela va nous mener ». Toujours la voix que j'imaginais douce de l'animateur qui résonnait, raisonnait en elle... et je la sentais à la fois impatiente de vivre « ce miracle de l'écriture qui est une manière de poser une question à la réalité » et le désir de bavarder soudain avec moi, à cet instant précis où les criquets venaient de se taire...
Elle s'appelait Fabienne, elle venait de Metz, enfin on dit Me(tz)sss, elle a insisté avant d'enchaîner sur l'animateur qui avait beaucoup écrit dans l'Arctique, qui était d'une famille de pêcheurs, un « Gloaguenus » pure souche hein, dont il avait tiré la métaphore du « fil à pêche » pour illustrer son atelier d'écriture... Elle m'a fait rire car elle mimait tout à coup son parler dans la nuit, tout fleuri de ces « hein », « donc alors », « si vous voulez », « c'est pas moi qui l'ai dit ». Et il me semble qu'elle avait tant de choses à me dire tout à coup que je l'aurais écoutée jusqu'au lever du soleil allongé sur le sable, si l'animateur en poste sur la dune n'avait discrètement rappelé ses troupes pour la mise en commun de leur pêche

nocturne miraculeuse !
Et c'est comme cela que le lendemain de cette nuit insolite, j'ai acheté une carte postale et je suis retourné sur la plage pour vivre à mon tour ce miracle de l'écriture. Et dans la nuit presque noire, sous un ciel chargé de nuages, j'ai laissé moi aussi venir les mots me visiter. Et ce qui m'est apparu tout à coup sous les paupières, c'est un éclat tournant mais régulier, comme celui d'un phare : celui de vos dents... irréprochables qui me souriaient dans le léger frémissement des vaguelettes qui venaient mourir contre le sable. Et je ne vous mens pas, c'est à ce moment précis que je suis tombé amoureux... de vous ! J'ai ressenti une violente sensation de bien-être intérieur que j'ai tenté de mettre en mots avec frénésie pour qu'elle échappe à l'oubli, avec le bonheur mitigé que vous connaissez. Mes « gribouillis » sont le résultat de ma pêche miraculeuse, des gribouillis d'amour en tout cas, je vous jure, rien que ça, à l'état pur, des mots, des bribes de phrases superposées, illisibles, mais chargées de bien-être intérieur, de votre merveilleux sourire qui dansait dans la nuit...

... *Mais n'allez surtout pas croire, Gianni, je vous vois déjà venir, ou plutôt revenir avec votre histoire réchauffée, je ne suis pas en train de tomber amoureuse, je suis bête et c'est tout, une bête emplumée aux pattes palmées et rien d'autre...*
>>> Eh bien moi, au bord de l'océan, je suis bel et bien tombé amoureux d'une bête emplumée aux pattes palmées et au sourire envoutant !

*

moimemegianni@gmail.com > Ak
Date : lundi 13 septembre ... à 23:09

On continue ?! Même si je fais l'impasse sur vos écrits du 11 qui, si je vous en remercie, vous ont cependant déjà assez perturbée pour qu'il me soit utile de vous les rappeler. Sauf, peut-être en ce qui concerne cette courte remarque :

… *Pour être franche, je commençais à gamberger de mon côté …*
>>> Dommage collatéral, je n'aurais jamais dû vous demander ce genre d'information. J'en suis désolé et en viens sans autre commentaire à votre chute :

… *Voilà, je crois avoir coché cette fois toutes les cases de mon agenda concernant ce que je vous avais promis…*
>>> N'aurais-je pas encore tenu tous mes gages donnés ?! C'est du moins de cette manière que j'interprète le sel de cette doléance robespierrienne. Ma tête est en sursis ?!

*

lun 13 sept 23:13
Des gribouillis d'amour à l'état pur… C'est vrai que ça me laisse rêveuse…

*

moimemegianni@gmail.com > Ak
Date : lundi 13 septembre … à 23:56

Votre prose du 10 m'a paru ravissante, comme si vous aviez revêtu une robe légère afin de prolonger l'été.
>>> Je tremble déjà de vous savoir « demain » tout près de moi. J'ai trop peur !
Et c'est bien noté concernant votre documentaire, je vais le regarder. Par contre :

… *Il y sera fait le portrait de Rudy Ricciotti, l'architecte du MUCEM que nous devons visiter ensemble en se tenant la main si j'ai bonne mémoire…*
>>> Je ne me souviens pas vous avoir promis une visite main dans la main !

La suite pour demain, je tiens le cap ! Mais il est temps de prévoir un mouillage en cette fin de journée. Qu'en pensez-vous ?

*

mar 14 sept 00:09

C'est vous le marin breton ! Je suppose que les mousses à bord n'ont pas leur mot à dire. Bonne nuit, ak
P.-S. : de toute manière j'ai sommeil et j'ai trouvé d'autres bras que les vôtres pour me serrer très fort ! Ceux offerts par la Collection Corpace Gourmandise auréolée de sa fleur de lys, quand j'ai fini par céder au péché de curiosité. Et cette fois, c'est une certitude, vous êtes un grand malade !

*

mar 14 sept 00:15

Il n'y a qu'un mousse à bord, soyons précis, s'il y a plusieurs capitaines semble-t-il puisque vous avez trouvé le vôtre... Mais *no problem*, je vais dormir sur le pont pour ne pas déranger votre couple pécheur, le roof est trop petit.
G.
P-S : votre bien-aimé est-il au moins ajusté à votre taille ?

*

mar 14 sept 00:21

RAS ! Corps à corps parfait ! ak

*

moimemegianni@gmail.com > Ak
Date : mardi 14 septembre ... à 15:27

Votre idée du 9 :

... Je n'ai pu m'empêcher durant la pause de midi de garnir ses faces aveugles des 21 points d'un dé que j'ai lancé pour savoir quel avenir il me réservait...
>>> je n'y aurais pas pensé. La preuve que votre imagination passe la mienne.

... Et c'est le UN qui est sorti. Je ne sais comment interpréter ce

signe avare ou... unique du destin...
>>> Si vous en doutiez encore, c'est trop tard et c'est tant mieux, nous sommes deux à savoir maintenant qu'un semblant d'avarice peut se montrer joueur et dissimuler un destin autrement généreux !

*

mar 14 sept 15:38
Vous êtes un grand malade je vous dis.

*

moimemegianni@gmail.com > Ak
Date : mardi 14 septembre ... à 15:55

Votre grave réflexion du 8 septembre m'a touché par sa profonde justesse, exactitude. Très sincèrement.

... Et je crois avoir trouvé la piste la plus sûre pour que votre affirmation indémontrable me rentre dans la tête : il suffirait que je retrouve ma mère...
>>> Je m'incline en silence.

*

moimemegianni@gmail.com > Ak
Date : mardi 14 septembre ... à 16:19

Avec vos lignes du 7, j'ai compris que vous aviez cette fois lâché la meute après moi. Une chasse à courre amicale qui tourne soudain au supplice puisque me voici acculé, tel un vieux cerf qui ne peut espérer échapper à la morsure des chiens qu'en se noyant dans un étang.

... je ne vous parlerai plus de mes états d'âme, je crois vous en avoir assez dit sur mon passé puisque me voici toute nue devant vous quand vous ne vous êtes même pas séparé à cette heure de vos lunettes noires, j'en suis sûre...

>>> Que répondre à cela sans m'enfoncer un peu plus dans la vase ?

...Et plus sérieusement, vous m'aviez promis de me mettre un jour dans la confidence au sujet de votre idéal si la survie de notre amitié était en jeu... Eh bien je crois que ce jour est venu en ce mois septembre...
>>> Là, c'est le coup de grâce, je suis perdu ! À moins que... Et si je vous répondais que mon idéal, je peux vous le dire tout net maintenant que je vous aime, serait d'assurer le vôtre de mon mieux : à vous la prise de risque, à moi la gestion de votre sécurité...

*

mar 14 sept 16:26
Vous n'avez pas l'impression d'en faire un peu trop, là, sous votre peau de vieux cerf ? Je me vois obligée d'en référer à Diderot avant de vous rendre réponse. ak

*

mar 14 sept 18:53
Le vieux cerf aurait-il rendu l'âme dans un brame lugubre et déchirant que je ne l'entends plus ? ak

*

moimemegianni@gmail.com > Ak
Date : mardi 14 septembre ... à 23:12

Le vieux cerf aurait pu rendre l'âme de cette façon, j'en conviens, surjouée à souhait, mais il n'y peut rien si aucun dieu du ciel n'a daigné le rappeler à lui. Alors il en termine comme il peut, certes très affaibli, avec vos dernières doléances du 6.

...Votre sève, votre optimisme débordant, ça y est, Bob l'éponge est de retour !...

>>> Pourquoi ne pas vous en réjouir ? J'aimerais tant de mon côté retrouver les histoires passionnantes de mon dinosaure à sang tiède.

... Et après le paradoxe de Diderot... votre postulat miracle devrait très prochainement nous faire tomber dans les bras l'un de l'autre...
>>> Mon postulat n'est en rien un miracle. Il n'enchantera pas votre vie, la nôtre aussi longtemps que la fée que vous êtes ne décidera pas de le rendre miraculeux en l'adoptant, ... en le touchant de sa baguette magique.

... Aussi, ne vous étonnez pas de mon nouvel état dépressionnaire juste avant votre évasion dans la préhistoire, au temps merveilleux où la vie des hommes, justement, n'était pas en permanence parasitée par les dépits de jeunes femmes littéraires qui ne comprennent rien...
>>> Mais qui donc a pu vous manquer à ce point pour que vous m'en fassiez constamment le reproche ? M'enfin Astou, vous ai-je déjà dit une seule fois que vous parasitiez ma vie, et pourquoi dans ce cas me faire le reproche d'enchanter la vôtre, si toutefois mes petites naïvetés du grand malade que je suis à vos yeux parviennent à vous distraire ?

... Et je n'ose penser à votre plan B dont les ficelles doivent être carrément des cordages de paquebots !...
>>> C'est vrai que les ficelles de mon plan B, si vous désirez qu'elles vous enlacent, vont vous serrer très fort, vous faire rêver au long cours et j'ai pensé qu'au vu de la durée du voyage, appareiller à bord d'un paquebot serait approprié. D'où ma préférence pour de gros cordages !

... Mais bon, j'ai bien conscience d'être injuste envers vous qui m'offrez si généreusement une sève d'optimisme infaillible et des plus rares dont je vais me dépêcher de parfumer mes tartines beurrées du petit déjeuner avec parcimonie...

>>> Vous me verrez ravi de partager vos petits déjeuners si vous commencez à les parfumer de la sorte.

... *P.-S. : je m'en veux un peu pour ce mél tardif car j'aurais tant aimé que vous puissiez le lire et y répondre avant votre grande évasion...*
>>> Dites-moi simplement que vous avez tardé à me l'envoyer par délicatesse d'esprit, la vôtre, par respect pour mon jeûne. Alors, désolé d'insister, mais quand je vous dis que vous êtes une jeune femme extraordinaire, je me trompe ?

*

mar 14 sept 23:25
Las ! le vieux cerf parisien revigoré, vos brames m'empêchent de dormir et je vous prends au mot : assurez sans plus attendre la sécurité de mon sommeil ! Bisous à l'état pur, ak

*

mer 15 sept 05:56
Très bien dormi, merci ! Et voici mes premiers mots du jour encore bien noir qui ont surgi de cette nuit paisible : pourriez-vous me transmettre le programme du voyage prévu à bord de votre paquebot des rêves, oui, votre plan B ?
Bisou reposé d'Astou, ne confondez pas avec Fabienne !

*

mer 15 sept 08:47
Je vois que l'iode de Kerhostin a ses limites ! Le vieux cerf d'hier serait-il déjà mort de fatigue ce matin ? ak

*

mer 15 sept 09:34
À moins que son programme mirifique en question ne soit encore qu'un mot, qu'une bribe de phrase, un semblant de gribouillis illisibles nés d'une précédente expérience d'écriture spontanée en pleine nuit ?

... D'amour ce gribouillis plan B ? Ça l'histoire embrouillée ne le dit pas ! Pas plus qu'elle ne révèle le prénom que portait la créature non moins spontanée venue s'échouer sur votre lit cette nuit-là contre votre corps assoupi tout simplement... Bisou vitaminé, ak

*

moimemegianni@gmail.com > Ak
Date : mercredi 15 septembre ... à 10:33

Bonjour toi,
Gagné ! Ce soir-là j'étais bien assoupi sur mon lit, et la créature spontanée en question portait bien un prénom féminin... du moins je l'imagine, parce que l'avantage indéniable de mes histoires embrouillées, vois-tu, c'est qu'elles autorisent tous les débordements d'imagination délicats et perlés d'émotion ! Et ce soir-là ma divine m'a simplement murmuré son nom avec tant de suavité dans la voix que je l'ai oublié, n'ayant plus en tête que le souvenir de son sourire nacré qui papillonnait dans la nuit.

*

mer 15 sept 11:13

Je crois me souvenir moi aussi, c'est curieux... ses dents nacrées étaient irréprochables et son sang était tiède ! Mais c'est quoi tout à coup ce « toi », ce « tu » inespérés qui surgissent sur mon écran, un brame ultime, qui sait désespéré, demeuré en suspens dans le brouillard matinal d'une nuit parisienne en fuite ? Celui d'un poète matheux à cette heure disparu, emporté par un mal d'amour fatal pour sa divine décidément trop littéraire ? Ou, ou, ou... moins spontané sans doute, un nouvel arpège cajoleur tiré de sa lyre virtuelle pour ensorceler une belle innocente qui n'a jamais été si près de se faire croquer pour de bon, le duvet de ses bras l'en aura avertie, par un ogre si abstrait, brouillon, mais si séduisant, réellement séducteur, ? Bisou... aléatoire, ak

P.-S. : votre plan B me sera-t-il livré avant midi pour m'ouvrir l'appétit sous un ciel grisailleux et humide qui me désole ?

*

moimemegianni@gmail.com > Ak
Date : mercredi 15 septembre ... à 12:01

Chère Belle du jour,
Las ! comme tu sais si bien dire au bord du sommeil, ton innocence en extrême danger, semble-t-il, aura réclamé de ton chevalier servant une attention toute particulière au plat que tu as commandé. Et il te prie d'excuser déjà la familiarité brutale de son bonjour si celui-ci t'a donné la chair de poule. Mais il te fait savoir qu'il s'y est résolu après avoir vu durant son jeûne deux naïades sur la plage de Kerhostin, toujours le même sable, sans doute des filles d'ici, offrir sans hésiter leur corps à la fraîcheur de l'océan, après l'avoir longuement exposé au soleil généreux qui baignait encore la presqu'île en fin d'après-midi, le noyant ainsi sans transition jusqu'aux épaules dans un ploiement des jambes tonique qui faisait très envie.

*

mer 15 sept 12:09

S'il te plaît, j'aimerais bien déjeuner avant que le temps ne se gâte vraiment, ak
P.-S.1 : mon tutoiement instantané est-il aussi tonique et gracieux que le ploiement de jambes des baigneuses quiberonnaises quand elles se jettent à l'eau ?
P.-S.2 : tes yeux ne semblent pas avoir jeûné par contre durant cette respiration nécessaire à ton job !
Pense à leur accorder un repos tout aussi mérité.

*

moimemegianni@gmail.com > Ak
Date : mercredi 15 septembre ... à 12:33

J'en reviens donc à mon postulat mathématique que je t'avais exposé le 6 septembre dernier et que tu disais peiner à comprendre malgré ta meilleure volonté. D'où un plan B qu'il me fallait trouver pour surmonter cet obstacle. Et la piste la plus sûre que tu m'as confiée deux jours plus tard pour qu'il te rentre dans la tête n'a pu que me convaincre dès mon retour à Paris de ta parfaite honnêteté et de ton cas de conscience insurmontable, en tout cas dans l'immédiat. En effet, on ne retrouve pas sa mère comme cela au prix d'un simple claquement de doigts ou d'innombrables prières.
Alors voilà, je me suis simplement dit que s'il t'était impossible de comprendre mon postulat, de pouvoir jouer le rôle de la jeune femme extraordinaire dans notre comédie sentimentale, je n'avais qu'à le renverser et l'appliquer à moi-même pour résoudre le problème !
Comprends-tu ? Il me suffisait d'admettre que *je suis un jeune homme extraordinaire, le seul homme idéal dont tu peux réellement tomber amoureuse* et tout se dénouait à merveille. Il me suffisait de supporter à ta place le poids de la perfection absolue pour que cela marche. J'avais trouvé la parade implacable, n'est-ce pas ?
Si je devenais extraordinaire, tout redeviendrait simple tout à coup, moi aussi j'en ressortirais revigoré, je me sentirais invincible et prêt à faire durer dix mille ans s'il le fallait notre parade amoureuse dans l'attente du retour de ta mère et notre comédie sentimentale serait jouée, elle aurait de beaux jours devant elle !
Sauf que... maintenant que je vois cette affirmation écrite sous mes yeux, je ne te cache pas qu'elle me met mal à l'aise tout à coup, comme si je ne la méritais pas, comme si son poids était humainement trop lourd à porter à moins de courir un risque démesuré : celui de verser dans la vanité la plus détestable !

Alors tu me vois bien ennuyé puisque je m'aperçois en vérité que mon postulat, qu'il soit à l'endroit ou renversé est nettement plus difficile à comprendre que je ne l'imaginais. Et je n'ose plus te dire bon appétit… chérie, puisque tu m'es si chère, en te présentant mon plan B qui n'est plus à cette heure qu'un plat froid et immangeable.

*

mer 15 sept 13:31

Je découvre avec délice que nous ne partageons pas du tout les mêmes goûts culinaires, car figure-toi que j'ai dévoré ton plat froid et immangeable ! Et ne crois pas, je n'exagère rien pour tenter de remonter le moral au matheux tout penaud que tu es, il m'a si bien ouvert l'appétit malgré la pluie fine qui tombe en ce moment sur le Vieux-Port que j'ai croqué après coup mon pique-nique habituel avec les copines de si bonne humeur qu'elles m'ont naturellement demandé où en étaient mes amours avec toi, enfin avec le père Noël. Elles t'ont surnommé comme ça à cause de tes folies qui arrivent au Bell'Vue et encore, je ne leur ai toujours pas parlé de ta dernière en date, me gardant bien de venir au travail avec mon péché de gourmandise, l'annulaire tendrement enlacé par ta bague fleur ! À ce soir, je t'en dirai plus, ak

P.-S.1 : au fait, cette bague, c'est encore une récompense professionnelle pour une réplique qui m'aurait échappé ? Je ne vois pas trop…

P.-S.2 : j'ai trouvé ton « chérie » savoureux.

*

mer 15 sept 16:54

Hum ! Je ne sais pas trop ce que la sociologue me réserve en prenant le contre-pied de mes avis gastronomiques, mais bon… c'est ok pour ce soir.

G.

P-S : eh oui, un second César fleur pour m'avoir fait promesse d'essayer d'attraper mes pensées en l'air durant mon absence !

La réplique était courageuse et je ne suis pas sûr qu'une autre fille, dans les mêmes circonstances, me l'aurait dite.

*

mer 15 sept 17:10

Là, tu exagères, je n'ai guère de mérite puisque je dois beaucoup à ma grande taille qui me permet simplement d'avoir la tête dans les nuages, à hauteur de tes neurones, tout en gardant les pieds sur terre. Sinon j'aurais sans doute le tournis moi aussi car admets que tu planes parfois un peu haut tout de même ! Bisou, ak

P.-S. : en tout cas, ton nouveau César gourmand... difficile de résister à sa corolle sertie d'éclats de « sucre cristal » !

*

mer 15 sept 18:15

C'est vrai que j'oubliais déjà que tu portais des talons plats !

*

akeita@orange.fr > g.esposito

Date : mercredi 15 septembre ... à 20:23

Ce soir, je n'ai pas traîné pour rentrer. J'étais trop pressée de reprendre notre échange de ce midi, mais j'avais besoin de mettre au clair sur le papier tout ce que je brûlais de te dire de peur de m'embrouiller car je désirais en vérité te faire à mon tour ma déclaration d'amour... tout en mettant un point d'honneur à ne pas copier la tienne et t'offrir autre chose que des gribouillis qui n'auraient été qu'une pâle copie de tes originaux de Kerhostin !

Aussi, au lieu de m'abandonner au « miracle de l'écriture » quand on attend dans la nuit que les mots viennent nous visiter, je me suis défini un sujet de dissertation... sentimentale auquel il me faudrait répondre avec beaucoup d'humour et donc d'amour, puis j'ai fait un plan comme on nous avait appris à en faire au lycée pour les dissertations. Et j'ai donc

pu rédiger enfin une déclaration d'amour plutôt classique en trois points, rien de bien original dans la forme, comme tu vas pouvoir le lire : entrée, plat du jour, dessert. Le tout après une courte introduction, en espérant que le matheux sera réceptif à ma cuisine sentimentale maison !
Mais je suis confiante, je compte sur ta bosse, les matheux en ont une, pour comprendre mon propre postulat amoureux... littéraire, comme je pense avoir enfin réussi à comprendre le tien si abstrait à mes yeux et je me jette à l'eau comme une quiberonnaise aguerrie, sans la moindre hésitation !

Sujet de dissertation :
Quelle réponse sentimentale originale sans être forcément miraculeuse faire à un matheux désemparé qui vient de s'apercevoir qu'il invente des postulats au pouvoir soi-disant infaillible à son amie la plus chère, mais qui semblent ne pas l'être en réalité ?

Introduction :
Face à une personne follement amoureuse qui ne peut s'empêcher de délirer face à vous pour vous prouver l'authenticité de son amour, il n'y a jamais que trois réponses possibles et cristallines à lui faire.
1) La première, mon ENTRÉE, consiste précisément à profiter d'un moment propice où, dans une fulgurance de lucidité, cette personne délirant d'amour prend conscience du syndrome aigu de Peter Pan dont elle souffre pour lui faire votre propre déclaration d'amour.
En effet les personnes follement amoureuses de vous sont plus rares qu'on ne le croit sur terre et ce peut être une chance à saisir quand le hasard de la vie vous conduit à croiser le chemin de l'une d'elles, même dans la plus improbable des conditions.
Imaginez par exemple cette personne diabolique, plus urticante qu'une branche d'ortie, laissant traîner son linge sale dans une chambre d'hôtel dont vous assurez le ménage

comme employée d'étage !
Imaginez encore cette même personne portant des lunettes noires quand elle vous regarde dans les yeux vous inviter dans un restaurant au cœur de l'été en portant une paire de chaussettes basses dépareillées dans des sandales grecques !
Imaginez toujours cette même personne en pincer follement pour vous au point d'en venir à délirer complètement en s'enfermant dans une pensée magique infantile (le syndrome de Peter Pan !) et qui ne peut donc vous aimer qu'à la seule condition de vous attribuer sans cesse un pouvoir infaillible, une perfection extraordinaire qui ne sont pas de ce monde.
Une pensée magique, plutôt primitive qui vous met donc mal à l'aise, qui vous terrifie même au point que malgré la meilleure volonté du monde, vous ne parvenez pas à l'aimer tout simplement, doutant qu'il puisse guérir de ce syndrome qu'il a contracté et que vous pensiez passager, malgré un désir profond que vous sentez naître en vous à son égard !
Imaginez enfin ce fou d'amour retrouvant sa lucidité un court instant et s'apercevant avec dégoût qu'il délire, qu'il est impossible, à moins d'être le pire vaniteux de la terre, d'exiger de vous que vous incarniez la perfection absolue.
Eh bien, vous allez choisir ce moment précis, inespéré, désespéré, où il ne s'aime plus, pour lui déclarer votre flamme en toute simplicité, en lui disant un beau « Je t'aime » sonore, franc, un JE T'AIME bien lisible même pour le plus myope des amoureux !
Bisous à mon chéri... puisque tu me deviens cher toi aussi,
P.-S. : en résumé, pour le cas où tu n'aurais rien compris à ma dissertation sentimentale, du moins à son début, j'étais juste impatiente ce midi de te dire que je venais de tomber amoureuse de toi de manière aussi inattendue que tu m'as dit être tombé amoureux de moi en pleine nuit sur la plage de Kerhostin, au moment même où tu m'avouais l'extrême limite de ton postulat !
Ce qui devrait suffire pour que tu comprennes la raison de ma bonne humeur ce midi face à ton plat froid !

*

mer 15 sept 20:47

Tout compris pour l'essentiel mam'zelle la sociologue !!! Et pourtant Dieu sait si je suis myope, n'est-ce pas : je t'aime, tu m'aimes, ON S'AIME à partir d'aujourd'hui ! Du moins par écrans interposés, soyons raisonnables... Mais peut-être que ton plat du jour va nous permettre de raccourcir les distances entre nos deux amours séparés ???
Bizzz magiques plutôt primitives !
G.
P-S : merci de tout cœur pour ton post-scriptum qui m'a sauvé de la noyade programmée dans ton hors-d'œuvre, une authentique vague déferlante...

*

akeita@orange.fr > g.esposito
Date : mercredi 15 septembre ... à 21:11

Monsieur en redemande ! Heureusement que j'ai préparé un menu complet. Donc voici sans plus attendre la suite du menu après cette entrée que je croyais suffisamment copieuse pour t'en dispenser !

2) La seconde réponse, ou PLAT DU JOUR à servir à la personne délirant d'amour pour vous que j'ai citée en exemple dans l'entrée, consiste à lui annoncer une autre bonne nouvelle sentimentale ! Et comme cette personne c'était toi dans mon exemple, je vais donc bien enfoncer le clou tant je suis pressée que tu retrouves rapidement tes esprits et donc confiance en toi après ton horrible blessure d'amour-propre, pensez, un matheux qui vient de s'apercevoir qu'il s'est trompé dans ses calculs !
Mon plat du jour consiste donc à t'apprendre que même si ton postulat était incompréhensible, j'ai trouvé que l'idée de le renverser était très intéressante, si intéressante qu'elle m'a donné l'idée de l'appliquer à l'histoire fantastique que je

t'avais racontée peu après ton départ loin du monde. Cette histoire aussi folle que ta pensée magique du moment, tu n'as pas oublié, puisque je te promettais de comprendre tes inventions « délirantes » le jour où je retrouverais ma mère. Car une fois que j'ai renversé à mon tour cette histoire dans ma tête, comme si c'était toi qui m'imposais un tel ultimatum pour réussir à m'aimer, j'ai en saisi moi aussi toute la vanité. C'était t'imposer quelque chose d'inhumain. Aussi je te demande d'oublier ce dérapage de pensée et je suis heureuse de t'annoncer que je suis désormais prête à t'aimer sans distance folle entre nous, en toute confiance en somme, et donc sans attendre le retour hypothétique de ma mère. Je t'aime,

*

mer 15 sept 21:38

Quelle bonne nouvelle ! Et je suis épaté par la gymnastique d'esprit que tu t'es imposée pour y parvenir ! J'aurais presque envie d'ajouter que cela prouve bien que tu es une femme extraordinaire, mais stop, j'ai bien compris, C'EST DÉFENDU ! Et j'aimerais tant que ton... dessert me permette enfin de guérir pour de bon de ma pensée magique qui te met mal à l'aise et m'empêche de répéter comme un perroquet ce genre de choses vaines...
Mon espoir du soir,
G.

*

akeita@orange.fr > g.esposito
Date : mercredi 15 septembre ... à 22:17

Hum ! petit problème en cuisine, j'ai vraiment cru que ma dissertation sentimentale allait te donner une indigestion que je n'ai donc pas préparé de dessert pour ce soir. Mais puisque je suis ta... chérie, je te propose un peu d'eau fraîche et plein de bisous défendus comme trou normand improvisé pour réparer cet oubli de deb et te faire patienter

jusqu'à demain !
P.-S. : si tu renverses ce que je viens de dire, tu comprendras que j'ai trouvé que tu avais avalé un peu trop vite ma dissertation sentimentale et je crains que mon dessert ne te reste sur l'estomac si tu l'engloutis avec la même frénésie !

*

mer 15 sept 22:26

Si tu le dis, bonne nuit ! Je me contenterai de ton trou normand sympathique que l'on ne m'avait encore jamais servi. Mes caresses désordonnées... à chacun son style culinaire, pour que tu fasses de beaux rêves.

*

akeita@orange.fr > g.esposito
Date : jeudi 16 septembre ... à 12:15

Coucou Peter Pan,
Voici mon DESSERT sentimental du jour pour compléter comme promis sur l'oreiller le menu de ma déclaration d'amour.
Oh, j'ai prévu un dessert tout simple, une TT, une tarte Tatin, puisqu'il applique une nouvelle fois ton postulat... renversé !
En y réfléchissant bien, j'en suis venue à me demander si ta manière de m'adorer, de faire de moi une image parfaite, une icône parée des vertus immaculées de notre Bonne Mère qui domine la mer, oui... j'en suis venue à me demander s'il n'y entrait pas encore une énorme vanité, si tu ne surjouais pas encore beaucoup trop dans cette manière extrême de me témoigner tes sentiments. Et j'en suis donc venue à penser... en renversant un peu ce tableau idyllique, que tu étais peut-être en train d'adorer en vérité une autre femme à travers moi ? Une autre femme qui pourrait tout aussi bien être ta mère qui te ferait culpabiliser elle aussi, comme dans mon histoire personnelle. Et tout ça sans pouvoir te l'avouer et encore moins m'en parler car maintenant je me souviens que

tu m'avais dit justement il n'y a pas si longtemps que nous trimballions chacun notre passé et NOS PEURS sur le dos… comme des tortues ?
Voilà ! C'est tout. Et le jour où tu parviendrais à confier ce lourd secret, j'ai encore pensé que tu serais libéré de cette manie de m'adorer qui me met mal à l'aise et que tu ne me répéterais plus alors, comme un perroquet, des choses défendues…
P.-S. : attention, conseil de dinosaure, dessert servi chaud mais qui peut tout aussi bien se savourer… tiède ou carrément se manger froid, rassis, sans perdre le moindre de ses arômes, de ses atouts… cœur !

*

moimemegianni@gmail.com > Ak
Date : jeudi 16 septembre … à 12:36

Une remarque à… chaud, sans la moindre vanité j'espère, j'ai choisi de remettre à plus tard, puisque tu m'en laissais le choix, la dégustation de ton dessert sentimental. En effet, rien que ces mots donnent envie d'en manger, mais il y a encore ce beau cœur en pâte d'amande rouge qui flotte sur les tranches de pommes légèrement caramélisées. Trop tentant et connaissant ma gourmandise, tu m'as déjà discrètement fait remarquer que j'avais avalé un peu trop vite ton entrée et le plat du jour, je crains de ne pas prendre le temps nécessaire pour le déguster comme il le mérite.
Mais tes talents culinaires m'ont donné une envie folle de m'exercer à mon tour à la pâtisserie et me voici heureux de te servir en retour ma réalisation du jour, une Tatin d'amour non dissertée, brouillonne… désordonnée, à chacun son style !

Si je renverse ainsi à mon tour ta culpabilité, je peux tout aussi bien en imaginer l'horrible vanité, l'immense mensonge. En effet, qui me dit que tu ne te trompais pas de cible en te croyant responsable du départ de ta mère alors qu'en vérité

tu t'accusais en secret de celui de ton père ?
Ce qui d'ailleurs me permettrait de comprendre tout aussi bien l'obsession de la rupture qui était la tienne à nos débuts, mais encore ton art pour la banderille contre les hommes en général qui t'empêchait de me faire confiance puisque j'étais naturellement l'un d'eux.
Sans oublier que ce renversement de dernière minute me révèle le sens enfoui de ton merveilleux poème sur le silence, te souviens-tu... de cette « main tendue vers un visage dont la bouche est absente » ?
Bizzz pastissées
P-S : dessert bio, éphémère, sans conservateurs, à savourer chaud et sans délai.

*

akeita@orange.fr > g.esposito
Date : jeudi 16 septembre ... à 13:29

Je jetterai ce soir une nouvelle bouteille à la mer en souvenir de mon regretté Peter Pan. J'y glisserai un dernier mot d'amour puisqu'à peine connu, aimé, il fuit de nouveau. J'écrirai :
« À Gianni, le plus médiocre acteur de comédie sentimentale que j'ai connu qui n'aura fait durant toute sa courte vie qu'adorer des chimères au lieu d'aimer tout simplement une grande fille ayant les pieds sur terre et qui avait un corps, une âme à lui offrir sans vanité ! ».
P.-S. : dommage que tu aies la fuite dans les gènes, ta tentative pâtissière était un beau gâteau, même si je me suis défendu d'y toucher car je te l'ai déjà dit, tu ne sauras plus rien de moi, de mon passé avant que tu n'aies accepté toi aussi de te déshabiller !

*

moimemegianni@gmail.com > Ak
Date : jeudi 16 septembre ... à 13:52

Tiens, tiens, la fine guêpe, la perfide Astou est de retour au moment où je m'y attendais le moins, je l'avoue. Et pour cause, quel beau panégyrique vas-tu jeter à la mer, parce qu'il fallait le faire. Diderot doit être mort de rire ! Quel beau discours tout à ta gloire auquel j'ai failli succomber si mes réflexes de matheux ne m'avaient justement fait remarquer le détail qui tue...

Une toute petite erreur de calcul, un grain de sable insignifiant qui me suffit cependant pour dénoncer l'horrible vanité que ta bouteille inoffensive va laisser dériver.

Un coup de poker menteur à ne pas oublier d'inscrire dans les annales de notre comédie sentimentale puisque si je refais les comptes patiemment, je m'aperçois que tu as encore une dette à solder pour te débarrasser de toute vanité.

En effet, pourquoi m'accuser de ne pas vouloir goûter ton dessert, y voir une nouvelle fuite de ma part, une manie congénitale alors que tu m'avais pourtant annoncé crânement que j'avais tout le temps devant moi pour le déguster ?

La ruse est habile, n'est-ce pas, parce qu'en faisant cela, tu t'abstiens en douceur de goûter à mon dessert bio du jour.

Rien qu'un péché d'orgueil ta bouteille à la mer !

Baisers pâte d'amende,

*

akeita@orange.fr > g.esposito

Date : jeudi 16 septembre ... à 20:00

C'est curieux car j'ai beau n'être qu'une littéraire, je sais percevoir moi aussi des détails qui tuent. J'ai bien remarqué que tes baisers n'étaient pas faits avec la même pâte que le cœur rouge de mon dessert sentimental.

Sauf que je trouve un peu fort de me reprocher à une lettre près, une infime vanité pas plus grosse qu'un grain de sable pour quelqu'un qui disait avoir compris que la perfection était un « poids humainement trop lourd à porter ».

Mais à matheux, matheuse et demie, je veux bien relever le défi après tout, devenir, là, sous tes yeux, cette jeune femme extraordinaire à laquelle tu ne peux t'empêcher de rêver en vérité.
Regarde bien, je vais gommer cette poussière de vanité que tu viens de pointer d'un doigt accusateur.
Oui, je vais t'offrir ma virginité, me jeter à l'eau une dernière fois — toute nue — uniquement pour toi, dans l'eau froide de mon passé comme une fille de Kerhostin, sans hésiter, fière de moi. Regarde bien !
Vois-tu, puisque tu désirais connaître la vérité sur mon père la voici : je ne l'ai pas connu et ne sais toujours pas à mon âge son prénom ni son nom, ma mère ne me les a jamais dits et je fais le pari qu'elle ne les connaît peut-être pas elle-même.
C'est comme ça, la vie de pute a ses secrets, sans doute tout aussi respectables que ceux du cœur. C'est du moins ce que je pense maintenant que je me suis dévêtue de toutes les vanités de mon adolescence.
Bisous mousseline d'une oie blanche entêtée,

IV

Vivace

jeu 16 sept 21:04

Mais c'est que... cet aveu capital change tout. Tu viens de poser sous mes yeux la première pierre de ton rêve, ton idéal. Plus rien ne pourra désormais empêcher qu'il devienne réalité.

*

jeu 16 sept 21:09

Je te rappelle que mon rêve, mon idéal, comme tu le dis avec tant de gravité soudaine, est aussi le tien.
C'est le NÔTRE depuis le mardi 14 septembre à 15:55.
Si tu en doutes, tu n'as qu'à relire tes mails.
Donc si j'ai posé la première pierre, il va te falloir poser la seconde... Parité oblige.
Mes caresses du soir, ak

*

jeu 16 sept 21:16

La gravité de ma voix... c'est parce que Peter Pan est mort ce soir à 20 heures, terrassé par une ondine qui n'a décidément pas peur de l'eau, même la plus froide. Alors paix à son âme et à sa médiocrité d'acteur présumée, ce n'était qu'un enfant après tout.
G.

*

jeu 16 sept 21:22

Minute papillon, sa médiocrité d'acteur était loin d'être présumée, j'ai des preuves. Mais bon, je veux bien m'incliner en ce soir de deuil et le laver symboliquement de toutes ses répliques ô combien surjouées au prix d'une extrême indulgence. ak

*

moimemegianni@gmail.com > Ak
Date : jeudi 16 septembre ... à 21:32

J'en suis heureux pour lui. Mais revenons aux choses sérieuses, veux-tu ! J'aimerais déjà te dire en toute simplicité que je ne souillerai jamais ta virginité, elle restera un secret entre nous. Et je ferai tout pour parvenir un jour à t'offrir moi aussi la nudité parfaite de mon âme, dépouillée elle aussi de son passé cabossé, douloureux, même je suis encore bien incapable de le faire à l'instant, comme toi, avec un tel panache. Alors peut-être qu'un tel aveu d'impuissance va te faire encore bien rire, que tu vas y lire une nouvelle preuve de médiocrité. Mais sache que c'est le seul gage, le seul talisman, la seule boussole improvisée de mon amour que je puisse t'offrir aujourd'hui pour assurer notre idéal !
Un gage sans grande valeur, j'en suis conscient, comme mes gribouillis d'amour, mes postulats tirés par les cheveux ou mon élégance vestimentaire toute relative. Mais je te le promets et je n'ai qu'une parole, je vais déjà en chercher un, pour commencer, qui va te faire mentir et qui sera la seconde pierre posée de notre rêve sentimental. Parce qu'il ne sera bientôt plus dit que j'ai commis l'imposture de te demander en mariage avant de t'avoir vue !

*

jeu 16 sept 21:37

Blablablablablablabla. Peter Pan est mort, inutile de le ressusciter ! J'attends ta seconde pierre car notre rêve est immense, pas de temps à perdre. Quand est-ce que nous nous voyons pour de vrai ? ak

*

jeu 16 sept 21:55

D'accord ! J'ai pensé que nous pourrions partager un repas en terrain neutre, à mi-chemin l'un de l'autre. Un petit restau à se faire par exemple à Lyon, pas trop loin de la gare Part-Dieu. Et si je risque d'y venir encore avec mes pantalons trop courts, « mes culottes courtes », je me dépouillerai déjà de mes lunettes noires et tu auras tout le loisir de découvrir la vraie couleur de mes yeux !
G.

*

jeu 16 sept 22:03

Sans vanité aucune… je ne dis pas non, mais si, car l'idée du repas en tête-à-tête est un peu réchauffée, tu ne trouves pas ? Et je pense qu'elle ne nous a pas trop réussi jusque-là, même si maintenant, c'est juré, je répondrai « présente », quoi qu'il arrive !
Bisou exigeant… ak

*

jeu 16 sept 22:29

D'accord ! Une nouvelle possibilité de se voir bien réelle mais pour le coup éphémère parce qu'elle colle au plus près à l'actualité artistique. Si tu te débrouilles pour y venir un vendredi, cela te laisse deux possibilités, tu viens me rejoindre à Paris pour une visite unique de l'Arc de Triomphe empaqueté dans un habit d'argent, le dernier rêve de Christo. Juste pour vérifier le pari de l'artiste et de son épouse Jeanne-Claude, voir si nous aurons envie de toucher l'un et l'autre le monument et le tissu plissé, d'échanger autour de ce curieux paquet cadeau de 50 mètres de haut, de dire j'aime, j'aime pas, de critiquer, ce que ces deux trublions de l'art n'auraient d'ailleurs pas manqué d'apprécier puisqu'ils plaçaient la liberté d'expression au cœur de leur œuvre et de leur vie.
G.

P-S : l'Arc sera empaqueté du 18 septembre au 3 octobre.

*

jeu 16 sept 22:35
Tu y viendrais toujours sans tes lunettes noires ? ak

*

jeu 16 sept 22:49
Bien sûr, j'en fais la marque « déposée » de toutes ces rencontres.
Bizzz à vue,

*

jeu 16 sept 22:58
Dans ce cas, je ne dis pas non car je ne conçois pas, naturellement, notre rêve privé de cette liberté d'expression ! Mais comment te dire, admettons que je n'aime pas pour autant ton paquet cadeau imposant de peur qu'il ne prenne, imagine, trop de place dans notre rencontre et qu'il gâche un peu notre journée. Monsieur le maçon au pied du mur, auriez-vous dans ce cas une autre pierre idéale à me proposer ?
Bisou, ak

*

jeu 16 sept 23:15
D'accord, princesse ! Mais à condition que tu ne sois pas une Princesse au petit pois parce que je crois me souvenir que nous n'avons pas de temps à perdre… Je retourne à ma carrière pour voir ce qu'il me reste actuellement en stock et je reviens tout de suite.

*

jeu 16 sept 23:21
Et si nous organisions une rencontre éclair, un œil de fer au Queen V ? L'endroit serait parfait pour une princesse et sur-

tout à pied d'œuvre pour toi !

*

jeu 16 sept 23:24

Un œil de fer ! Mais encore… ak

*

jeu 16 sept 23:44

Je descends à Marseille, on se donne rendez-vous à midi à ton pub fétiche, on commande deux cocktails vitaminés et notre rencontre peut commencer. On en limite la durée à 15 minutes, sinon elle n'aura plus rien d'éclair, on se regarde droit dans les yeux et le premier qui baisse les siens ou les détourne a un gage… qui aura l'immense avantage d'ajouter une nouvelle pierre à l'édifice ! Et juste après, ciao ciao, bizzz-bisou, on se sépare, heureux d'avoir maçonné en un temps record !
Qu'en penses-tu ?
G.

*

jeu 16 sept 23:50

Impossible un midi, le pub n'ouvre qu'à partir de 17 heures. Mais j'adhère au concept et suis prête à offrir les coupes de champagne au lieu des cocktails si tu le veux bien, ou le vin chaud si les températures chutent un peu trop pour la saison. Avec un tout petit bémol à la clé malgré tout… ak

*

jeu 16 sept 23:55

On peut écrire de merveilleuses symphonies avec de tout petits bémols à la clé ! Ok pour 17 heures, le champagne ou le vin chaud.
Je t'écoute.

*

ven 17 sept 00:07

En vérité, mon bémol vient de tes propositions qui commencent à me charmer et m'incitent à jouer les Princesses au petit pois ! J'aurais presque envie que tu m'en proposes d'autres, juste pour voir, pour le fun. Aurais-tu encore quelques pierres dans ta carrière à me montrer ? Bisou petite fugue, ak

*

ven 17 sept 00:16

Après les princesses cajoleuses, plutôt autoritaires, un peu pompettes ou marguerites que je n'ai pas oubliées, te voici élevée au rang de Princesse au petit pois… sans vanité ! Et comme tu joues si bien les rôles de princesses, je ne vais pas te refuser celui-ci d'autant que la liberté d'expression entre nous, disais-tu à l'instant, ne doit pas être un vain mot. Mais il te faudra patienter jusqu'à ce soir si tu ne veux pas avoir bientôt mon boss sur le dos, parce que je ne sais pas si tu as vu l'heure…

Aujourd'hui, j'ai une très très grosse journée et mieux vaudrait que je ne la passe pas à m'étayer les paupières avec des allumettes pour tenir les yeux ouverts !

Bonne nuit,

G.

*

ven 17 sept 00:22

Tu as été bon prince ce soir, aussi la Princesse sans vanité te rend sans plus tarder à tes oreillers ! Doux Bisous, ak

P.-S. : t'es sur un nouveau film ?

*

ven 17 sept 22:27

Pas eu le temps d'aller à la carrière aujourd'hui, on remet à demain ! Bizzz ennuyées.

P-S : oui, le 7e art est cruel avec le peuple !

*

ven 17 sept 22:34

Blablablablablablabla, je dors déjà, ak

*

moimemegianni@gmail.com > Ak
Date : samedi 18 septembre ... à 15:37

Voici ma pierre du samedi, qui est venue naturellement me visiter l'esprit après le documentaire que tu m'avais indiqué sur Rudy Ricciotti, que j'ai visionné ce matin.
Rien qu'à l'entendre, j'ai été aussitôt sous le choc. Rien que sa façon de présenter d'emblée son métier, c'est incroyable, on pourrait l'appliquer mot pour mot à notre comédie sentimentale, à notre métier d'amants, d'architectes de notre rêve d'amour : « Être architecte, c'est vivre dans l'anxiété, c'est accepter ce défi de transformer le réel, c'est avoir l'intuition du psychopathe puisqu'il faut passer à l'acte ».
Mais tu imagines !
Ou encore : « Le talent dans ce métier n'existe pas, ce qui existe c'est le courage, c'est la capacité d'analyse et le cœur, et je pense que pour être architecte il faut ces trois valeurs ».
Et la voix féminine en off m'a époustouflé tout autant, elle a su si bien résumer ces bribes de pensées dérobées au grand maître : le métier d'architecte c'est *une dualité, un tiraillement entre la part obscure de la lumière et la lumière éblouissante, la virilité massive dans la force jointe à la féminité de l'élégance* !
Alors à toi donc cette féminité dissertée de l'élégance, à moi la virilité massive dans la force, l'intuition gribouillée, illisible du psychopathe ! À moins que tu ne préfères renverser les rôles à l'avenir, sait-on jamais, mais nous avons donc tout pour réussir notre vie amoureuse, à condition bien entendu que nous cheminions main dans la main puisque la valeur de l'un ne vaut apparemment qu'à travers une dualité, le tiraillement de l'autre !

C'est Ricciotti qui le dit en tout cas et je suis impatient de retourner à Marseille, afin que nous puissions visiter main dans la main son MUCEM, cette fois je l'ai dit, rien que pour voir si nous en ressortons avec le féroce désir de transformer le réel et donc de réaliser plus que jamais notre rêve, notre idéal sentimental !

Caresses hyperbrûlantes

P-S : excuse la tonalité diésée, lyrique, Peter Pan de cette nouvelle pierre, la faute à ce Prince combattant de l'architecture !

*

sam 18 sept 17:14

Blablablablablablabla, vendredi prochain, ça m'irait ! Et toi ? Sauf si je suis convoquée le même jour pour un entretien...

Bisous, ak

P.-S. : ne me parle plus de Peter Pan, tu vois bien que ne grandiras jamais et tu peux dire merci à Rudy, c'est grâce à lui si j'en ai déjà fait mon deuil.

*

sam 18 sept 17:33

TGV réservé, je t'enlèverai à midi devant le Bell'Vue ! Tu me reconnaîtras sans peine avec mes chaussettes blanches... ou noires, et je me fierai à tes talons plats.

Et maintenant, on s'oublie, pour le fun, juste envie de jouer à mon tour les princes courant d'air pour te donner des frissons ! Ou peut-être pour plaire je sais, c'est beaucoup moins glamour, à mon boss.

G.

P-S : un entretien... pour faire prof ? Accepte le défi, Tu oublies le 24, c'est Rudy qui ... !

*

akeita@orange.fr > g.esposito
Date : samedi 18 septembre ... à 19:10

Si mon agent de sécurité veut bien rattraper à l'instant ma chute malencontreuse, mais... pour ce 24, le MUCEM, j'ai bien réfléchi et ça ne me convient pas finalement. Tu comprends, une visite c'est très long en fait et si au premier regard je ne te plais pas, tu vas devoir me tenir la main toute l'après-midi pour rien en faisant semblant d'être sous le charme et nous aurons tous les deux perdu notre temps. Avoue que ce serait dommage et que ce genre de défaut d'architecture sentimentale ne serait pas digne de deux fidèles disciples de Rudy !
Aussi, je préfèrerais revenir à ton œil de fer, on fera ça le même jour, mais en se donnant rendez-vous à 17 heures directement au Queen ou un peu plus tard si ça t'arrange, mais avant 8 heures, enfin 20 heures.
Comme ça, tu vois, au bout d'un quart d'heure nous seront fixés tous les deux : tu me plais, je te plais, on scelle la seconde pierre ; tu me plais j'te plais pas et « ciao ciao » on se quitte bons amis.
Je trouve finalement cette première rencontre plus pro que l'idée du MUCEM qui me paraît un peu trop imposante pour une première, elle ressemble trop au papier cadeau de ton Arc de Triomphe ! Par contre si on se plaît, après je ne dirai pas non à la visite du musée si tu peux toutefois te libérer vu tes journées de ouf apparemment. *Mangui Diegeu lou*. Bisou honteux,
P.-S. : pour le service sécurité, je te rappelle que c'est écrit dans ton contrat en date du 14 septembre : « à vous la prise de risque, à moi la gestion de votre sécurité ». Et ça paraît déjà si loin car tu me vouvoyais encore !

*

sam 18 sept 19:51

D'accord Princesse, la majuscule c'est juste pour indiquer que tu es pile-poil dans ton rôle malgré mes journées de ouf

comme tu dis ! Et au risque de me répéter, je crois t'avoir déjà dit que ton physique n'entrait pas dans mes critères d'amitié. Mais *no problem*, mon arrivée Marseille St Charles à 17h11. On se dit 18h30 au Queen.
Bizzz hyperpressées
G.

*

sam 18 sept 20:00

T'es un amour hyperbranché ! Après tes caresses et les bizzz extrêmes, t'es pile-poil dans ton rôle courant d'air ! Je vois pour réserver une table si c'est possible. Autrement, on fera notre œil de fer où on pourra, même debout au pire. Bisous sans petit pois, ak
P.-S.1 : promis, je ne t'embête plus jusqu'au jour J.
P.-S.2 : une toute petite précision, mon physique pourrait très bien entrer aujourd'hui dans tes critères « bassement » sexuels, j'en conviens, car notre rencontre n'est plus tout à fait programmée il me semble pour lier amitié entre nous.

*

sam 18 sept 20:13

Par sécurité justement, je rectifie, au lieu de m'oublier jusqu'au jour J comme tu me le proposes, disons déjà jusqu'à demain ! Ça évitera une nouvelle chute malencontreuse de ma Princesse sans vanité.
G.
P-S : au risque de me répéter, je te précise que puisque ton physique n'entrait pas hier dans mes critères d'amitié il n'entre pas davantage aujourd'hui dans mes critères sentimentaux.

*

sam 18 sept 20:21

Te te te, tu vois, tu tournes déjà autour de pot et tu n'es pas un homme pour rien, car je n'ai pas parlé de critères sentimentaux mais SEXUELS ! À moins que tu aies regardé ma photo en loucedé ? ak

*

moimemegianni@gmail.com > Ak
Date : samedi 18 septembre … à 20:47

Inutile d'imiter le langage *djeun* pour flatter le Peter Pan qui me hante puisque tu es persuadée que je ne grandirai jamais. Là encore, pour la photo, je crois déjà t'avoir dit que je n'avais qu'une parole. Et c'est bien la peine de m'indiquer un excellent documentaire sur l'un des architectes majeurs de notre temps, sinon L'architecte majeur de ce début du XXIe, si c'est pour continuer à me seriner avec ton histoire de physique.
Parce qu'il faut que tu me dises, tu l'as regardé ou pas ce documentaire ? Si non, je comprends, si oui, y'a comme un problème. Je vais récidiver dans mes expériences pâtissières et te servir une seconde Tatin expérimentale pour ton repas de ce soir !
Eh oui, à force de me faire le coup de la fille qui a peur de déplaire, je me suis dit que tu insistais trop pour ne pas tomber dans la vanité et donc pour me cacher ta véritable crainte : celle de me voir un jour te déplaire ! Et cette idée m'est venue justement quand j'ai entendu Ricciotti parler de sa mésaventure du stadium de Vitrolles, tu as vu ? Passons. Il a dit à mon avis quelque chose à graver dans le marbre à ce moment-là, quand il a parlé de « ces cons » de verts qui se demandaient « comment est-ce qu'on pouvait construire sur un site pollué » ! Tout cela parce qu'ils ignoraient que « notre destin », il parlait de son destin d'architecte avec un nous de majesté d'une noblesse méritée, c'était aussi « de réactiver, de réparer, de cicatriser des sites industriels abandonnés pour leur redonner une fonction ».
Eh bien, avec ta question de plaire qui revient toujours sur le tapis, j'ai fini par faire le parallèle avec le destin des grands

architectes, ceux qui mettent aussi du cœur dans leur métier. Et j'ai fini par penser que tu manquais en vérité de cœur dans ta manière d'aimer, de m'aimer, et que le seul moyen de surmonter ce manque et donc ton obsession de plaire et donc que je te déplaise un jour, c'était que tu réussisses à comprendre que si nous voulons bâtir un beau rêve, un bel idéal amoureux, nous n'avons pas le droit d'être des architectes de l'amour médiocres, qu'il faut nous aussi fonder notre rêve sur cette valeur : le cœur.

Et le cœur, chez de véritables architectes de l'amour, tu vois, ce n'est pas d'être uniquement capable de tomber amoureux d'une belle fille ou d'un beau garçon. C'est aussi être capable de *réactiver*, de *réparer*, de cicatriser son amour de jeunesse trahi par la vieillesse, c'est être capable de continuer à l'aimer justement à ce moment-là, de lui rendre sa dignité, de ne pas l'abandonner au bord du chemin pour se tourner vers d'autres amours fleurissant sur le terreau de l'éternelle jeunesse.

Et moi je n'ai pas envie d'être un de ces « cons » d'amoureux incapables d'aimer en vérité parce que réparer, cicatriser, redonner de la dignité, ils ne savent pas faire. Parce que si tu l'ignores, tôt ou tard on vieillira, tu le sais très bien et alors, qu'est-ce que tu me répondras si je te dis que je ne peux plus bâtir l'amour que j'avais pour toi sur un corps vieilli ?! Ce sera le point final de notre rêve, de notre idéal sentimental ? Allez hop, même si on a des enfants, je jette toute la famille par-dessus bord et je me fais la belle avec une *djeune* !!! C'est ce que tu as en tête, ce que tu crois de moi, mais cela vaut aussi pour toi dans ce cas, ne crois pas, c'est donc à cela que je dois m'attendre le jour où je vieillirai moi aussi ?!

Eh bien je dis non dans ce cas, nous n'avons même pas besoin de nous voir vendredi prochain, on arrête là parce que NOTRE rêve, tu vois, je n'ai pas envie de le bâtir sur du sable, même pas celui de Kerhostin, même s'il m'a fait rêver à la folie. Je veux qu'une des pages de notre amour, de notre destin amoureux, celle de notre vieillesse, s'écrive dans la même veine que celle de Ricciotti sur les sites industriels.

Je veux qu'elle fasse preuve de cœur et pas seulement qu'en parler.
Allez, fin de citation, excuse ce coup de gueule, ce délire Peter Pan, ce syndrome de la Fleur-bleue, du macho, appelle-le comme tu voudras, mais c'est dit.
Caresses sans pudeur, ce n'est plus la peine,

*

sam 18 sept 22:17
Joker ! je n'insiste pas ce soir, on en reparlera demain. Je voudrais juste te dire que je t'aime. ak

*

akeita@orange.fr > g.esposito
Date : dimanche 19 septembre ... à 20:14

Coucou,
J'espère que tu as bien dormi et que tu as passé un bon dimanche, et je ne veux pas te déranger dans ton job, mais j'aimerais juste te livrer le résultat de la longue relecture que j'ai faite de tout ce que tu m'as raconté sur Rudy et de ton coup de gueule sentimental. Dis-donc, tu cries fort toi quand tu te mets en colère, tu m'as fait peur avec ton envie de tout laisser tomber comme ça ! Mais je t'ai pardonné car tu n'as pas crié pour ne rien dire, loin de là. Enfin, moi, ça m'a secouée à cause de cette mise en perspective de notre rêve que tu as faite, c'est comme ça qu'on dit en architecture, non ? Aller le penser jusqu'à sa fin quand nous serons bien vieux au moment où nous le commençons à peine, là, ça m'a flanqué la trouille, je te jure. Mais moi aussi, je vais risquer une « fin de citation » pour faire court.
En résumé, je voudrais juste te dire qu'après t'avoir longuement relu, j'ai l'impression d'être un peu moins conne puisque je dispose maintenant d'un bel exemple avec ton coup de gueule de ce qu'est la virilité massive dans la force dont parlait la voix off dans le doc. Et du coup, je perçois mieux la

différence entre un homme combattant — un homme viril — et un être violent. Je t'aime,
P.-S.1 : « sans pudeur, puisque ce n'est plus la peine », laisse-moi te dire que tu te coucheras ce soir un peu moins con si tu admets que ma peur panique de ne pas te plaire était sincère, sans arrière-pensée Tatin.
P.-S.2 : à vendredi au Queen, j'y serai. Et j'ai déjà pensé au gage si des fois je... gagnais. Tu vois, j'ai tout compris, je commence à mettre en perspective notre vie de couple.

*

moimemegianni@gmail.com > Ak
Date lundi 20 septembre ... à 12:38

Bon appétit !
Fais gaffe, moi aussi j'ai pensé au gage ! Autant dire que j'ai taillé une prochaine pierre pour nourrir notre folie amoureuse, si tu passes bien entendu le cap bassement sexuel du Queen avec succès ! Parce qu'il n'est pas dit que tu me plaises après tout...
Mais à supposer le meilleur à mon avantage, évidemment, tu me plais et c'est moi qui gagne, nous pourrions prévoir un premier et court séjour à la neige cet hiver pour y parfaire notre équilibre sur terrains glissants ! Je crois que nous en aurons bien besoin pour tisser un nid solide qui ne s'envole pas au premier coup de vent... au premier coup de gueule malvenu !
Que dirais-tu de quelques jours dans une station des Alpes, avec l'assistance tous risques d'une monitrice de ski... extraordinaire, elle aussi ?! Elle s'appelle Christelle et j'aimerais vraiment te la faire rencontrer.
D'ailleurs, pour te mettre tout de suite dans l'ambiance, je ne résiste pas à l'envie de te livrer les présentations dans leur jus qu'elle m'avait réservées le premier jour, pour faire connaissance : c'était une vraie savoyarde de l'ancien temps, celle qui s'occupe de toute la famille jusqu'au bout du bout avec des

valeurs morales, du respect, une battante, avenante, qui aimait rigoler, faire la fête, lire, s'instruire, curieuse de la vie, des voyages, qui avait des goûts simples, qui restait en admiration devant la nature, les pierres, les médecins.
« Voilà, tout me passionne mon Gianni », m'avait-elle asséné pour conclure avec un sourire gourmand, celui d'une ogresse devant un poupon bien grassouillet… avec un soupçon de salive sur les lèvres !
Alors tu vois un peu le tableau, un monstre de « bonne » femme cette Christelle, au sens noble du mot tu vois, parce qu'elle aussi pense au jour où il faudra réparer… une belle intelligence.
Caresses évasion,
P-S1 : j'ai limité à quelques jours pour assurer naturellement ta sécurité pour le cas où tu ferais une allergie à la neige.
P-S2 : … les médecins, c'est juste parce que l'école de ski devait lui avoir dit par erreur que j'en étais un. Elle est très… diplomate.

*

lun 20 sept 12:58
Tu veux dire que si je perds, tu m'offres un séjour à la neige « tout compris » ?! Là, c'est un peu de la triche car tu m'annonces à l'avance un gage qui me fait plutôt rêver et j'aurais presque envie de perdre pour le coup ! Mais ne crois pas que tu vas m'avoir comme ça. Je suis une battante moi aussi. ak
P.-S.1 : c'est vrai que l'allergie, je n'y avais pas pensé et j'espère simplement que ta Christelle ne fait pas non plus d'allergie aux debs attardées du ski… jusqu'au bout du bout !
P.-S.2 : j'ai dit TA Christelle car je me demande avec mon esprit mal tourné si l'ogresse s'est simplement contentée de saliver devant le poupon grassouillet ?
P.-S.3 : tu oublies le précédent post-scriptum. Au fait on irait où ?

*

moimemegianni@gmail.com > Ak
Date lundi 20 septembre ... à 13:18

Pas d'affolement !
1. Un peu que t'as l'esprit mal tourné parce que MA Christelle est en effet une amie privilégiée, que les choses soient claires entre nous, mais sans avoir été obligée de croquer de poupon grassouillet pour le devenir ! D'ailleurs, je commence à croire que tu ne penses qu'à ça en vérité sous tes airs candides de fille anxieuse à l'idée de déplaire. Petit détail, ma Christelle ne connaît pas la couleur de mes yeux.
2. Pas d'allergie à craindre de sa part, elle te dira toujours « ça devrait aller si tu sers un peu les fesses ! » Elle est comme ça, nature, avec une patience d'ange pour les debs attardées ! Je l'ai été avant toi.
3. Elle bosse à l'ESF de Courchevel, mais bien entendu, ce n'est qu'une destination indicative pour une Princesse au petit pois. Si tu préfères une station voisine, ma Christelle dira toujours que ça devrait passer si...

*

lun 20 sept 13:43
Bon bon bon, j'ai rien dit, on ira où tu m'emmèneras si je perds bien entendu ! Ton Astou qui t'aime et qui te croquera tout cru vendredi !

*

lun 20 sept 13:49
Si c'est bassement ton gage, alors dis-toi qu'il me fait l'effet inverse du mien sur toi. Pas du tout envie de perdre ! Sans compter que le jour où je me laisserai croquer, j'espère bien que mon ogresse se montrera des plus gourmets et n'expédiera pas le menu en 15 minutes, durée de notre rencontre œil de fer, je te le rappelle.
Chastes Caresses,
G.

*

lun 20 sept 13:59

Blablablablablablabla ! Moi aussi je vais commencer à veiller sur ta sécurité à partir de maintenant avec l'espoir de te préserver contre tout risque de glissade mal contrôlée qui pourrait entacher ta chasteté extraordinaire. Tu vois, je ne suis encore jamais montée sur des skis mais j'en connais déjà les principes élémentaires ! Aussi, si ta marinière et bonnet assorti avaient la bonne idée de parvenir au Bell'Vue avant ce vendredi 18h30, je viendrai au Queen tout emmitouflée dans une tenue de pêcheur breton assortie d'une salopette marine, évidemment. Tu ne verras que ma tête et ma salopette dissimulera bien sûr une ceinture de chasteté inviolable, comme au bon vieux temps du Moyen Âge ! Je vais demander à un ami chaudronnier de me la fabriquer en urgence et comme ça… pas touche minouche ! Bisous de ta grande sœur sur les deux joues, ak

*

lun 20 sept 14:13

Excellente idée ! Et demande à ton ami s'il travaille la feuille d'or, une Princesse sans vanité mérite ce gage… de distinction.

*

lun 20 sept 14:19

Je transmets et te fais suivre la facture. Au fait, aurais-tu prévu de coucher au Bell'Vue à tout hasard ou rentreras-tu le soir même à Paris. J'ai vu qu'il y avait un train à 19h49 ! ak

*

lun 20 sept 17:04

Coucher, oui, au Bell'Vue, non, et inutile de me demander où, tu ne sauras pas. Question de haute sécurité, Princesse moyenâgeuse, vendredi on se concentre sur le regard et rien d'autre. Et après, j'ai à faire pour mon job sur place et je serai

pris tout le week-end.
Caresses cadenassées,
G.
P-S : ta question, un peu intrusive à mon goût, limite violation de ma vie privée. Je n'y succombe que par souci d'apaisement.

*

lun 20 sept 17:11
Bon bon bon. Je dis plus rien. Juste un dernier point de détail à régler : n'oublie pas de prendre une bouée vendredi, on ne sait jamais si… ak

*

lun 20 sept 17:17
… tu te noyais dans mon regard ?!

*

lun 20 sept 17:22
… ou l'inverse ! Cette fois je me couds les lèvres.
Bisou surfilé, ak

*

lun 20 sept 17:26
Caresses décousues à Princesse couturière aux doigts de fée.

*

lun 20 sept 20:27
Excuse, le fil a lâché, je vais réparer ça ! Mais une idée me revient en tête, tu regardes toujours les docs à la télé de cette façon, en décortiquant tous les plans-séquences à la loupe ? Tu vois, je n'ai pas oublié le vocabulaire spécialisé que tu utilises quand tu évoques notre comédie sentimentale qui commence à me plaire, vraiment ! ak

*

lun 20 sept 22:37

Une manie un peu intrusive que j'ai moi aussi de m'intéresser de près à certaines personnes qui me touchent, qui font les choses en leur donnant un sens qui a belle allure comme le disait justement, je crois, un des amis de Ricciotti dans le documentaire : « avec un certain niveau d'exigence, un discours très en place ». Mais rassure-toi, de telles personnes sont rares, infiniment rares et je ne passe pas tout mon temps libre à décortiquer ce que j'ai vu à la téloche.

G.

P-S1 : téloche, c'est juste pour t'indiquer ma vision mi-figue de la télé. Je trouve qu'elle s'effiloche un peu… sur les bords pour emprunter à ton langage spécialisé de couturière distraite qui rate parfois ses surfilages.

P-S2 : tu auras remarqué, j'ai la coupable faiblesse de croire que je te touche un tout petit peu puisque tu décortiques à présent mes correspondances SNCF !

*

lun 20 sept 22:46

Que tu me touches un TOUT PETIT PEU, en effet, tu as raison, tu ne m'émeus encore pas plus que ça car détrompe-toi, il y a beau temps que je ne me fais plus aucune illusion sur toi. Je suis manifestement sensible à ton niveau d'exigence sentimentale et je trouve ton discours cajoleur beaucoup moins superficiel qu'à ses débuts, mais je mets tellement d'espérances en toi que même si je t'élevais déjà au même rang que cet architecte de combat, je trouverais que ce ne serait pas encore assez rare pour toi ! Donc, ne te repose surtout pas sur tes maigres lauriers à mes yeux de princesse incarnant la féminité dissertée de l'élégance (sic) qui n'est donc pas prête à brader son authentique féminisme, surtout quand il s'agit de parler cœur, de son idéal et donc tout simplement de l'architecture métissée de notre château d'amour ! ak

*

lun 20 sept 22:55

Blablablablablablabla !

*

akeita@orange.fr > g.esposito
Date : mercredi 22 septembre ... à 13:24

Tiens ! Après le cube blanc, un coffret noir de taille inversement proportionnelle à la place que tu occupes dans mon cœur (si petite, souviens-toi !), et toujours la même signature. Mais là, si tu veux savoir, c'est carrément plus possible et tant pis si je me répète. Et ne me dis pas que c'est encore une nouvelle récompense pro, un nouveau César fleur, ce n'est plus une excuse recevable. Ou, encore plus déloyal, que c'est pour me récompenser de t'avoir flanqué la paix plus d'une journée ! Ce n'est plus de la petite triche, ça devient du dopage professionnel pour gagner à tout prix vendredi. Et là je dis NON NON et NON ! Ce soir même c'est retour à l'envoyeur car je ne peux plus cautionner un tel antijeu. Je finis par croire qu'au lieu d'être le laborieux petit AR exploité par son boss, tu passes tes journées à braquer des bijouteries.
Et comme je t'ai déjà dit hier (1er septembre) que notre amitié avait peu de chances de survivre si j'apprenais un jour que tu étais un assassin, je te dis tout net ce midi que notre amour n'aurait quant à lui AUCUNE chance de survivre si j'apprenais demain que tu étais un gangster même effroyablement séduisant et beau parleur. CQFD,

*

mer 22 sept 13:36

D'accord Princesse, vos désirs sont des ordres. Quant à savoir si je suis un gangster ?
Je croyais vous avoir déjà dit que l'argent m'était égal. Mais puisque vous me le demandez avec cette élégance de la féminité qui vous caractérise, je peux simplement vous préciser

que ma richesse provient principalement du même endroit que celle qui vous a permis en partie d'étudier. Même si je vous concède que je la dois essentiellement à mon père qui prend soin de garnir mon compte en banque avec une honnêteté comparable à celle qui a poussé votre mère à remplir une enveloppe de petits rouleaux de billets tenus par des élastiques. Mais peut-être est-ce de l'argent sale après tout, et vous laisse juge d'en décider. Inutile en tout cas de me répondre par écrit d'ici vendredi. Si vous ne portez pas votre 3e César fleur au Queen, j'aurai compris.
G.

*

jeu 23 sept 19:49

Vous n'aurez rien compris du tout car vous ne voulez pas comprendre. Vous êtes têtu, Sylvestre, ou du moins vous savez très bien faire l'âne quand il faut pour avoir du son !
Caresse sur votre museau, ak
P.-S.1 : j'espère que vous n'avez pas oublié ce petit nom tout bête que j'avais donné en secret à votre timidité sentimentale.
P.-S.2 : je viendrai en tenue de marin breton, colis réceptionné ce jour, mais sans mon 3e César que je n'ai pas ouvert. Même si je ne l'ai pas retourné à la joaillerie par le seul effet de cette intelligence inédite à qui je dois toute mon élégance, souvenez-vous, et qui me pousse à vouer un amour immodéré pour les ânes. Je porterai par contre au doigt une fleur à la corolle toute sucrée qui doit aimer plus que jamais la lumière et n'aura donc pas à souffrir l'ombre d'un coffret noir un peu trop imposant dans un pub.

*

jeu 23 sept 19:55

Ton 3e César fleur, je n'y peux rien, vient récompenser « l'architecture métissée de notre château d'amour » !
À demain.
Caresse invisible,

*

jeu 23 sept 20:15

Pour t'éviter de surcharger ta valise de vêtements trop chauds vu la douceur qu'il fait chez moi, le week-end est placé sous le signe du soleil avec des températures voisinant les 23 degrés.
Bisou doudou, ak

*

ven 24 sept 20:29

Bonsoir Astou,
Oublie tout, je ne sais pas ce qui s'est passé, mais encore secoué, incapable de rien te dire, d'analyser quoi que ce soit. J'ai tout fait foirer et tu dois me trouver bien pitoyable. Mais je te promets, si tu me laisses un peu de temps, la nuit, la journée de demain, j'essaierai d'y voir clair, de t'expliquer.
En tout cas, une chose est sûre, c'est toi qui as gagné, bravo et j'attends ton gage, quel qu'il soit, tu peux braquer le pouce vers le haut ou vers le bas, j'accepterai tout, même si tu décides que notre aventure sentimentale s'arrête là, sur le spectacle d'un Pierrot lunaire secoué de sanglots dans un pub anglo-saxon face à sa Colombine en marinière, salopette et talons plats. Une chose est sûre, l'élégance que tu dégageais ce soir honorait tous les marins sauveteurs bretons ! Baisers trempés, Sylvestre en a pris plein le museau.
G.

*

ven 24 sept 20:57

Sylvestre ou mister G,
Je ne sais pas exactement comment vous appeler mais vous avez dû vous tromper de numéro, de personne, car je ne suis pas la Colombine que vous croyez et vous n'êtes certainement pas mon Pierrot.
Le mien, si vous voulez savoir, avait plutôt fière allure ce soir au Queen V. ak
P.-S.1 : vous êtes tout excusé pour cette erreur de numérota-

tion et je vous fais un gros bisou si ça peut vous aider à surmonter votre chagrin.
P.S.2 : par contre, si vous êtes le seul homme qui portait vers 19 heures un kilt irlandais, veste de tweed et chaussettes écrues pure laine de rigueur, je crois me souvenir de vous, et dans ce cas je vous retourne volontiers le compliment qu'il vous faut réadresser sans tarder à votre petite amie : vous honoriez avec beaucoup de fair-play la virilité massive de tous les clans des Highlanders !
P.-S.3 : sachez pour l'anecdote, puisque vous m'êtes sympathique, que mon Pierrot, contrairement à ce que vous semblez demander à votre Colombine, m'a fait le serment de ne rien oublier de notre amour, même les moments difficiles qu'il appelle des « cadavres » vu son job dans la production de thrillers.

*

ven 24 sept 21:05
Je voulais juste te dire : tu as des yeux de louve !
À demain,

*

ven 24 sept 21:13
Je ne sais pas trop comment je dois le prendre, mais je te fais confiance... Moi, juste avant que tu fasses l'omelette avec les tiens, j'ai trouvé que tu avais le regard doux. Je t'aime, ak
P.-S. : bizarre ce soir, pour la première fois j'ai froid sans toi.

*

moimemegianni@gmail.com > Ak
Date samedi 25 septembre ... à 09:45

Bonjour Colombine,
Pour en revenir à notre soirée d'hier, tu vois, et à tes yeux de louve, j'avais déjà lu quelque part qu'on lisait son âme dans de tels yeux. Sauf qu'en plongeant mon regard dans le tien, j'ai

eu l'impression que dans sa transparence j'y lisais la tienne, et peut-être qu'après tout nos âmes se confondent, je n'en sais rien à vrai dire. Ce dont je suis sûr par contre, c'est que j'ai eu brusquement l'impression de replonger dans la nuit de Kerhostin, au moment précis où le soir cède justement à la nuit noire, tu te souviens, quand les criquets s'endorment. Et c'est un poème de Frédéric de Foucaud d'une infinie tristesse qui est venu tout à coup me visiter, qui m'est aussitôt revenu en mémoire. Je ne sais pas si tu connais ?
(*https://www.frederic-de-foucaud.fr/les-yeux-de-louve/*)

Elle a des yeux de louve
mais le nez dans la neige
Elle a des yeux de louve
mais elle est prise au piège...

Te dire encore, je crois que ce poème n'est pas étranger à mes larmes, parce que je dois t'avouer que je pleure toujours en lisant des textes qui ont une âme. Mais je crois aussi que ce qui les a fait durer, ces larmes, c'est l'idée à la fois étrange et sublime qui m'a traversé l'esprit à cet instant, l'étrange certitude qu'entre nous, ce serait désormais à la vie à la mort, que plus rien ne pourrait nous séparer, qu'il ne pouvait plus en être autrement, comme si le destin venait de nous rattraper, de se refermer brusquement sur nous. Comme si nous venions de nous prendre tous les deux à son... piège, comme s'il venait de plonger nos deux nez réunis... dans la neige.
Je ne sais pas si tout cela est vrai. Je sais simplement que c'est ce que j'ai lu dans tes yeux hier soir, tes yeux de louve dont j'imagine l'éclat ce matin, celui d'un miel aux reflets ambrés qui vient d'être récolté, sans parler de leurs pupilles, deux petits coussins de velours noir palpitant dans un océan de plumes couleur noisette.

*

sam 25 sept 12:37

Eh bien moi, hier soir, je n'ai pas bien vu la couleur de tes yeux : ils sont bleus un peu gris, ou gris un peu bleus ? ak

P.-S.1 : que voulais-tu que je te réponde, à moins de m'en tenir à mes bonnes vieilles habitudes aux pattes palmées, car c'est trop d'ombre projetée tout à coup sur notre avenir ou peut-être trop de rayons brûlants... Bisous mouillés, tiens, moi aussi, mais rien de grave tu sais... tu as vraiment l'art de me faire pleurer... de rire ! Si, j'ai dû repenser à ton kilt.

P.-S.2 : Les yeux de louve, je ne connaissais pas, mais c'est tout à fait ça en ce qui me concerne. Ce poète est un devin. Mais maintenant, même pris au piège, on est deux si tu l'as lu dans mes yeux, et ça change tout.

P.-S.3 : mon gage pour avoir gagné hier soir : mes yeux de louve qui ont tout vu déclarent match nul pour notre œil de fer.

P.-S.4 : et maintenant on fait quoi ?!

*

sam 25 sept 12:44

Si tu prends tout à la rigolade, tu as la réponse toute trouvée aux questions que tu me poses. Je vais te dire très simplement afin d'éviter les ombres projetées, rendez-vous un prochain vendredi au MUCEM et tu verras !

P-S : tu remercieras ton chaudronnier pour moi, ta ceinture « pas touche minouche » était invisible, malgré une salopette moulante que tu portais fièrement !

*

sam 25 sept 12:49

Tu veux dire vendredi prochain ? Dis-moi oui pour la rime, c'est midi ! Au fait, si je dis que tu es tout près du Bell'Vue en ce moment, je brûle ? ak

*

sam 25 sept 12:54

Je dis oui pour vendredi prochain, mais n'oublie pas de commander le beau temps. Le moucharabieh de Ricciotti caressé par le soleil, ce doit être féérique.
G.
P-S : tu gèles.

*

sam 25 sept 13:14

Normalement, une belle embellie est annoncée pour l'après-midi avec un 25 degrés sympa. Pour le samedi et le dimanche, par contre faut pas rêver ! Mais peut-être que mon 3e César aura le pouvoir de faire mentir la météo... ak
P.-S.1 : je gèle grave ou pas trop ?
P.-S.2 : j'en profite pour te rappeler que mon 3e César ne servira que ce jour-là. Après, je l'enfermerai à double tour dans un coffre destiné à MA grande famille, je dis « ma » car ce point ne sera pas négociable entre nous, on est d'accord ! Je disais donc que tes cadeaux somptuaires à ton image serviront déjà à éviter d'avoir à cicatriser, réparer plus tard le parcours scolaire de tous nos enfants, sans prolonger trop loin la perspective de notre rêve. Car il faut bien que tu comprennes, j'ai beau le prendre avec humour, ces cadeaux, c'est trop d'émotion pour moi, ils me mettent mal à l'aise, je n'y peux rien, je n'arrive pas à oublier d'où je viens.

*

sam 25 sept 13:28

Disons que tu gèles grave dans le pas trop !!! L'endroit est stratégique pour veiller sur la sécurité d'une louve afin de lui éviter un lâcher accidentel suite à une seconde de distraction qui la conduirait à donner un coup de canif au contrat qui la lie à un saule pleureur. Parce qu'il était bien précisé dans la règle de notre défi œil de fer qu'il ne durerait pas plus de 15 minutes et qu'on se séparait... juste après bizzz-bisou, n'est-ce pas ?
G.

P-S1 : petite parenthèse musicale, je suis en train d'écouter « Mon Cher » interprété par Clothilde Hesme, et je trouve que son timbre de voix s'inscrit bien dans la tonalité louve de F2F… Frédéric de Foucaud.
P-S2 : je m'aperçois que tu es une architecte de notre vie sentimentale très prometteuse, pas conne du tout ! Ok pour le coup de balai réservé à tes César récompensant toutefois, je tiens à te le rappeler moi aussi, rien moins que ta compétence professionnelle d'actrice dans notre comédie sentimentale !

*

akeita@orange.fr > g.esposito
Date : samedi 25 septembre … à 14:18

Là, tu cherches à m'embrouiller mais ton « grave dans le pas trop », ça veut juste dire que c'est plus que tiède, limite chaud. J'ai beau être une littéraire, je ne manque pas de logique, faut pas croire. Donc tu es au Hermès ou à la Résidence !
Mais c'était juste pour savoir, je ne vais pas risquer de lâcher prise, de te lâcher la main en ne respectant pas notre contrat. De toute façon, mon cher Sherlock, toujours pour une question de logique élémentaire, ce n'est plus possible que je transgresse le moindre contrat entre nous et toi non plus je te signale puisque plus rien ne doit pouvoir nous séparer… si tu as bien lu toutefois dans mes yeux et que tu ne perds pas déjà la mémoire.
Et toc le matheux, vous pouvez retourner à vos chères études et à vos postulats, ou plutôt à vos… gribouillis illisibles ! Bisous d'équerre,
P.-S. : J'adore cette chanson et j'aurais bien aimé voir le spectacle *Les gens dans l'enveloppe* auquel elle avait participé à Paris. Mais écoute aussi les chansons d'Alex Beaupain car c'est lui le parolier de « Mon Cher » : *Tout le contraire de toi, Poussière lente, Les sirènes,* toi qui aimes les textes qui ont une âme, tu ne devrais pas être déçu. Bien sûr, à consommer avec modération car ça met un peu le nez dans la neige.

*

akeita@orange.fr > g.esposito
Date : samedi 25 septembre ... à 14:58

J'ai oublié de te dire, pour en revenir à ton histoire de coup de canif, tu as peut-être perdu une bonne occasion de te taire ! Car du coup j'ai phosphoré à mon tour pour voir si tu n'étais pas en train d'en donner un sacré coup dans notre plus qu'amitié ! Et j'ai donc relu longuement ton « Bonjour Colombine » que je trouve finalement à double tranchant, excuse une nouvelle fois ce mauvais jeu de mots. Mais plus je le relisais et plus tes envolées poétiques qui avaient une âme, évidemment, je ne vais pas te l'enlever, m'ont paru sonner un peu faux, comme si un bourdon était venu tourner autour de ma tête.
Du coup j'ai fait une supposition bête. Si rien ne pouvait plus nous séparer, nous étions donc à partir de maintenant sur le même pied d'égalité et les difficultés que tu rencontrais, j'avais le devoir moi aussi de les analyser, comme dit Rudy, ton nouveau maître à penser après l'illustre Diderot, bien entendu. Et j'ai déjà bien avancé dans ma réflexion même si elle est encore tout entière dans ma tête, pas eu le temps : au Bell'vue y'a pas de samedi qui compte. Mais promis, je me dépêche de rentrer ce soir pour t'écrire sans faute avant minuit mon analyse dissertée de littéraire avertie sur les causes possibles de ta crise de larmes.
En attendant, tout de suite, je peux te la résumer pratiquement en quelques mots. En effet, je n'y peux rien si hier soir tu as pleuré moins de deux minutes après le début de notre œil de fer. Et je trouve qu'un Irlandais bon teint qui se respecte, portant le kilt traditionnel sur le Vieux-Port, devrait admettre sans peine cet incident qu'il a provoqué, même involontairement, et proposer de réparer sans tarder ce coup de canif à la règle du jeu ce jour même, par exemple.
Qu'en penses-tu ? Bisous des Highlands,

*

sam 25 sept 15:47

J'ai relu avec beaucoup d'attention ton dernier mél et je ne peux qu'applaudir à ta décision de t'impliquer à part égale dans notre vie conjugale et je m'apprêtais donc à te proposer justement de réparer mon incident d'hier soir... ce soir même. Mais je m'aperçois que cela ne va pas être possible hélas, puisque tu n'es pas libre avec ton analyse dissertée sur le feu qui t'attend... Dommage.

Entre Irlandais bon teint, on ne va pas jouer aux Indiens et déterrer la hache de guerre !

G.

*

sam 25 sept 16:13

Non, pas de problème, je te rejoins à ton hôtel en sortant du Bell'Vue, il doit bien y avoir un salon d'accueil où nous pourrons rééditer notre œil de fer, et nous serons en plus dans de bien meilleures conditions qu'hier soir, en tout cas moins bruyantes. On se donne une demi-heure, le temps de partager le verre du pardon, et après je ne t'ennuierai plus de la soirée, je te le promets car je me dépêcherai de rentrer *a casa mia* pour rédiger mon analyse. On peut même diminuer un peu la durée du jeu. D'accord ?

Tu me précises simplement où tu es. Je sors à 7 heures et j'y serai très vite.

Bisou de ta dinosaure... adorée, n'est-ce pas ? ak

*

sam 25 sept 17:00

La Résidence, à partir de 19h, je t'attendrai. Et bien sûr que je t'adore !

*

sam 25 sept 17:05

J'avais deviné juste, j'aurais dû parier avec toi ! ak

*

sam 25 sept 19:45

Cette fois tu as dû voir la couleur de mes yeux, comme j'ai pu admirer plus longtemps les tiens, sans pleurer. Je suis en progrès. Par contre, en me repassant le film, je ne peux que renouveler ma réclamation, tu n'avais aucune raison de les baisser au bout de quatre minutes et tu l'as fait volontairement, ce qui est tricher, je suis désolé. Alors j'attends beaucoup après ton élégance toute féminine pour l'admettre. Mais je ne vais pas empiéter plus longtemps sur ton temps, puisque tu m'as promis ton analyse avant minuit.
G.

*

sam 25 sept 19:59

C'était simplement pour voir si tu allais le remarquer, pour me faire une idée précise sur la sécurité sans faille que tu prétends m'apporter ! Je suis pleinement rassurée et tu me vois donc enchantée de te proposer juste réparation demain car ce soir, oui, ça m'est impossible et tu ne réussiras pas à me détourner de mon travail d'analyse que tu me sembles redouter on dirait...
Mais ce dimanche, ça va dépendre de ton agenda très serré je suppose. Si tu rentres à Paris le matin, à moins que tu acceptes un rendez-vous matinal avant 7 heures, ce ne sera pas possible pour moi. Et maintenant prière de ne plus me déranger ! ak
P.-S.1 : en tout cas, je suis formelle, tu as bien le regard doux, même très doux et ce soir j'ai trouvé que tu avais les yeux gris avec des reflets bleus.

*

sam 25 sept 20:09

Excuse, encore moi. Je voulais juste ajouter que notre deuxième match œil de fer m'a permis, chose précieuse, de lire moi aussi au fond de tes yeux et que ce que j'y ai lu va me permettre de peaufiner mon analyse et de la parer d'éclats de sucre comparables à ceux de ma bague fleur 2e César. ak

*

sam 25 sept 20:16

Aucune raison de craindre ton analyse dissertée que je conçois comme une aide et non comme un règlement de comptes. Je dirais même que je suis impatient de te lire. Allez, au travail Princesse !
P-S : demain, possible à midi... autour d'une assiette.

*

akeita@orange.fr > g.esposito
Date : samedi 25 septembre ... à 22:17

Après ma déclaration d'amour dissertée, me voici comblée puisque voici, mon bon prince, bien avant minuit, mon analyse tout aussi littéraire et... délicatement sucrée sur les causes possibles de ta crise historique du 24 septembre.
J'ai cherché un plan qui me permette de trouver le plus de raisons possible à tes larmes. Aussi, j'ai décidé de séparer ces fameuses raisons en deux catégories : d'un côté les sincères, de l'autre les simulées.

Parmi celles qui me paraîtraient sincères, j'en vois trois :
1. Tu m'as trouvée trop belle pour toi et tu as éprouvé la même émotion que celle qui m'a gagnée quand j'ai découvert ta bague fleur, et qui me gagnera demain sans doute quand j'ouvrirai ton coffret noir.
2. Ma beauté foudroyante a menacé ton vœu de célibat. Tu t'es senti soudain pris au piège, d'où la réminiscence bizarre du poème Les yeux de la louve.
3. Mes yeux t'ont rappelé brusquement ceux de ta mère et ravivé des souvenirs douloureux, dont tu ne peux pas encore me parler.

Parmi celles qui me paraîtraient au contraire simulées, larmes surjouées de mauvais comédien, justes faites pour m'apitoyer et rien d'autre, j'en vois également trois :
a. Je t'ai déplu malgré ta règle vertueuse proclamée qui t'interdit de fonder soidisant ton amitié et encore moins ton amour sur l'apparence. Et tu refuses d'admettre que ton corps te fasse mentir !
b. Je t'ai encore déplu et tu as immédiatement pensé, avec un souverain mépris à mon égard, que tu étais en train de perdre ton temps avec moi.
c. Mes yeux t'ont rappelé ceux de ta mère, mais tu ne veux pas me parler des souvenirs douloureux qu'ils font ressurgir.
Tu vois, les larmes sincères sont plutôt spontanées, sans arrière-pensée. Les autres sont plus calculées, elles cherchent toujours à dissimuler quelque chose, à moi ou à toi.
Et maintenant, la balle est dans ton camp !
Il n'appartient qu'à toi de te reconnaître sincère ou plutôt simulateur face à mes exemples purement inventés, et je ne t'en voudrais pas si tu étais plutôt l'un, plutôt l'autre, ou les deux à la fois : simple question de liberté d'expression entre nous ! On se dit la vérité, c'est tout. Je t'aime,
P.-S. : midi et demi, je peux te rejoindre, mais attention, je n'ai qu'une permission d'une heure et donc qu'une toute petite assiette à partager.

*

sam 25 sept 22:39

« La balle est dans ton camp », t'es marrante toi ! Parce que je vais dire comme toi, que veux-tu que je réponde à chaud à ton QCM, que dis-je à ce scanner lacrymal, sinon avec un réflexe scolaire de matheux qui se contente de résoudre sans discuter le problème qu'on lui pose. Alors voici mes choix : 1, 2, c.
G.
P-S : dès que la température sera un peu retombée, je t'envoie avant minuit un nouveau gribouillis, fidèle moi aussi à mes bonnes vieilles habitudes !

*

sam 25 sept 22:46

D'accord bon prince, avant minuit, sinon gage à vous ! Bisou intime, ak

*

sam 25 sept 22:50

Pouce ! Je peux savoir ce qu'est un bisou intime ?

*

sam 25 sept 22:55

Un bisou bassement érogène pour ne pas dire... ! ak

*

sam 25 sept 22:59

Est-ce que je dois donc comprendre que le gage promis serait lui aussi intime si je te remettais mon gribouillis après minuit ? Est-on jamais assez prudent !

*

sam 25 sept 23:08

On peut dire ça comme ça ! bon prince, bisou pour tout te dire... érotique, ak

*

moimemegianni@gmail.com > Ak
Date samedi 25 septembre ... à 23:54

Gribouillis d'amour n°2 sorti de la nuit noire de tes pupilles, pour préciser avec plus de spontanéité ma réponse scolaire de tout à l'heure et notamment le point c.
Oui, tes yeux de louve m'ont rappelé ceux de ma mère tels qu'ils me sont apparus un jour dans une lettre qu'elle m'a transmise. Et cette lettre vois-tu, je ne veux pas te la faire lire maintenant, tu as raison, je préfère te la dissimuler encore un peu. Mais je sais que je te la donnerai le jour où nous nous

marierons, bien sûr si nous y arrivons, lorsque nous échangerons nos consentements, juste après l'échange du baiser nuptial incontournable, intime, disserté et délicatement sucré. Et quand tu l'auras lue, cette lettre, pas le jour J bien entendu, il n'est pas question de gâcher la fête, plus tard, je pense que tu comprendras toi aussi mon passé sans qu'il ne soit plus jamais utile d'en parler.
P-S1 : j'ai choisi ton point 1, et je pense que tu comprendras l'immensité de mon émotion parce qu'il m'est impossible de te faire disparaître dans un coffre pour espérer m'en libérer !
P-S2 : j'ai choisi le point 2 au détail près que mon célibat est directement lié à mon passé familial et que si je romps celui-là, je veux être sûr que celui-ci ne me rattrapera pas.
Bizzz incrédules sur les petits boutons de tes seins,
Sherlock

*

dim 26 sept 00:17

Là je crois que tu te trompes de boutons pour éteindre la lumière. Bonne nuit, Je t'M, Miss Watson
P.-S.1 : demain, n'oublie pas, midi et demi pour le round décisif.
P.-S.2 : sérieux, tu as déjà prévu le plan-séquence de notre baiser nuptial ? Mais pas très rassurant du coup pour notre comédie sentimentale, j'ai peur que ça vire au drame à cause de ta lettre car je ne sais pas si ma curiosité pourra résister...
P.-S.3 : j'ai bien relu ton gribouillis fidèle à lui-même : pourrais-tu me dire ce qu'est précisément un baiser intime, disserté et délicatement sucré ?
P.-S.4 : j'ai trouvé une solution pour le coffre (ton P-S1), les enfants que nous aurons seront si beaux que tu ne remarqueras même plus ma beauté ! Et pour ton passé, le meilleur moyen pour qu'il ne te rattrape plus serait de faire comme j'ai fait, poser tes valises toi aussi, sans honte...

*

dim 26 sept 00:25

Moi, oublier ? Jamais de la vie. En retard, je ne dis pas... mais certainement pas demain, enfin ce midi ! On peut se retrouver carrément à La Caravelle ou à La Chope d'Or, tu serais sur place ou presque vu le temps qui s'annonce...
Je ne t'M pas, je n'aime pas en phonétique, moi.
G.
P-S1 : si tu as peur que notre comédie vire au drame parce que tu es une pécheresse impénitente, dans ce cas, on oublie la lettre pour toujours.
P-S2 : j'apprécie ton inquiétude au sujet de notre baiser nuptial et en voici les plans de réalisation !
INTIME : là tu me fais marcher parce que tu as parfaitement compris, enfin, c'est comme pour un bisou intime de ta spécialité, métissé à souhait.
DISSERTÉ : à l'image de ta déclaration d'amour en trois points et ton analyse lacrymale, pour équilibrer le mien qui ne sera jamais qu'un nouveau gribouillis maison...
DÉLICATEMENT SUCRÉ : je devrai y reconnaître l'innocente élégance de ta féminité !

*

dim 26 sept 00:34

La Caravelle, soyons fous, je te ferai passer pour un ami d'enfance, mais on laisse le kilt irlandais aux vestiaires ou tout autre signe ostentatoire de ta virilité massive ! Et ne te sens surtout pas obligé d'arriver en short et gants de boxe rouges parce que je viens de te parler de round décisif ! Allez, on dort, ak
P.-S. : oublier la lettre de ta mère pour toujours, je ne sais pas ? je vais réfléchir, bis...ZZZZRRR

*

akeita@orange.fr > g.esposito
Date : dimanche 26 septembre ... à 06:55

Je sais, tu dors encore, mais c'est juste pour te souffler à l'oreille que vu le temps du jour, je récidiverai en salopette et marinière pour le match du siècle, déplorant simplement que tu aies oublié de prévoir dans ta panoplie de parfaite bretonne le ciré tradition.
Si j'ai quelques minutes de retard, tu me commandes un aïoli, tu seras mimi, ak
P.-S. : ton baiser nuptial tout de même, me titille un peu. D'abord, tu n'y échapperas pas, ça c'est sûr, et tu peux rayer de nos échanges tes vieilles idoles, je veux parler de ton vœu de célibat, car tu as beau me dire pour la lettre de ta mère que tu me la donneras le jour où nous nous marierons si nous y arrivons, il n'y a plus de « si » qui vaille, NOUS Y ARRIVERONS... je t'ai donné la solution !
Mais en y réfléchissant bien, et si je ne veux pas risquer de manquer le César hors catégorie qui récompensera mon baiser du millénaire qui crèvera le grand écran standard IMAX de notre comédie sentimentale, je te propose de commencer les répétitions dès maintenant ! Oh, pour ce midi, j'aimerais juste essayer un tout petit bisou du bout des lèvres mais pour de vrai... sur les tiennes. Après le match en tout cas afin de ne pas risquer l'antijeu.

*

moimemegianni@gmail.com > Ak
Date dimanche 26 septembre ... à 09:56

Dis donc mam'zelle, cela vous arrive-t-il de dormir pendant la nuit ? Parce que j'ai comme l'impression que dès que vous avez fermé un œil, vous n'arrêtez pas de vous repasser le film de notre comédie sentimentale pour en vérifier toutes les coutures. Après la sociologie, à votre place, j'aurais visé la haute couture au lieu du professorat !

Concernant le César hors catégorie, attention, parce que vous connaissez sans doute mieux que moi le vieux proverbe de la peau de l'ours et au vu du cahier des charges gratiné entourant ce plan-séquence, je crains qu'aucune actrice ne puisse être primée pour la bonne raison qu'il faudrait pour cela qu'elle ait en face d'elle un acteur lui aussi hors catégorie... mais pour le moment, je ne vous cacherai rien, je le cherche encore !

Enfin, si vous tenez à mettre toutes les chances de votre côté, j'accède du bout des lèvres à votre demande. Vous pourrez commencer les répétitions dès ce midi, mais attention, une seule prise de vues accordée de trois secondes. Que voulez-vous, un seul mot d'ordre commande cette rigueur de timing : votre sécurité. Il me faut bien veiller à ce que vous ne mourriez pas d'épuisement au cours de vos répétitions puisque la route est encore longue...
Votre Agent Sécurité

*

dim 26 sept 10:15
Monsieur l'agent,
On ne vous l'a peut-être jamais dit et je vais réparer cet oubli coupable sur-le-champ : vous êtes un ange ! ak

*

dim 26 sept 10:25
Votre envoi dim 26 sept 10:15 n'a pu être diffusé.
Votre AS y a décelé un risque trop important d'antijeu.

*

dim 26 sept 10:33
ESSAI : tiens, je croyais que tu avais horreur de la phonétique ! Mais AS ce n'est pas mieux ! Ça manque d'élégance, ça fait celui qui se cache derrière des lunettes noires, celui qui joue les gros bras en refusant de poser ses valises, ça fait

petit joueur et très mauvais acteur. ak
P.-S. : ce sms, c'est juste pour faire un « essai », tu l'as compris j'espère, juste pour voir si l'AS refuse encore de diffuser mon message !

*

dim 26 sept 10:37
Votre envoi dim 26 sept 10:33 n'a pu être diffusé.
Votre AS l'a trouvé surjoué et donc à contretemps à l'approche de votre baiser d'amour universel.

*

dim 26 sept 13:59
Tu es ..., les mots se bousculent encore, mais c'était juste pour te dire quelque chose au bord du cratère brûlant où tu m'as laissée ce midi. Bon retour, mon amour, ak
P.-S.1 : c'était juste pour la rime le « mon amour », car le jour du baiser d'amour universel il faudra que je puisse le graver en lettres majuscules dans notre livre d'or !
P.-S.2 : tu diras à mon agent de sécurité qu'une Princesse sans vanité fait ce qu'elle veut !

*

dim 26 sept 14:15
Promis, rendez-vous ce soir en enfer ! Maintenant, il y fera toujours plus doux qu'à la Caravelle !
Ce fut un beau dimanche à deux pas du Bell'Vue, sur les bords du Vieux-Port...
Ton p'tit loup Salidou

V

Rondeau

dim 26 sept 15:07

Tu es ..., je n'y arrive toujours pas, mais ça je peux déjà te le dire, tu m'as encore bien eue avec ton histoire de mannequin IZAC « aux couleurs de tes yeux ».
Déjà te l'avouer, même si je suis restée bête sur le moment, j'ai trouvé le dégradé de marron très réussi sur toi. Il faut dire que tu ne faisais déjà pas un vilain mannequin sinon je ne suis pas sûre que j'aurais pu t'aimer, tu le sais, toujours mon intransigeance détestable de Princesse au petit pois sans vanité. Mais le coup de « mes » pupilles que tu tenais cachées derrière ton dos pour mieux me les montrer si je fermais les yeux, là, j'en pleure encore de rire depuis que tu es parti. Je ne t'M plus, je t'aime à l'ancienne, ak
P.-S.1 : excuse-moi simplement si je fais disparaître mes pupilles que j'ai confondues avec des boutons d'oreilles dans le coffre de ma grande famille en rentrant au Bell'Vue. Pas envie de partager ce

*

dim 26 sept 15:12

moment d'intimité avec les copines, avec personne en vérité.
Bisou météo locale,
P.-S.2 : Tu as aimé les Salidou ?!

*

dim 26 sept 15:55

Tu es ..., dommage que ça ne vienne toujours pas, mais je ne voulais pas laisser passer ma chance ! ak

*

dim 26 sept 16:25

Tu es ..., ça va venir, mais j'y repense, pour ce vendredi, notre match nul ne remet pas en cause notre visite au MUCEM ! C'est mon gage d'ex æquo, non négociable. ak

*

dim 26 sept 17:09

Tu es ..., je n'y pense plus, « des fois les choses arrivent quand on arrête de les attendre ». Je crois que j'ai dû lire ça dans un livre de Claudie Gallay, peut-être son dernier, Avant l'été ! ak

*

dim 26 sept 17:56

Je viens de postuler sur Internet pour un poste d'appariteur à Sciences Po à Paris. Type d'emploi : temps plein, CDI, date de début prévue : 02/11/ ! Juste le salaire un peu tiède, mais acceptable pour une dinosaure amoureuse.
On ne sait jamais, je peux le décrocher des fois que notre dimanche « patte blanche » me porte chance, car avoue que nous avons scellé sur nos lèvres une nouvelle pierre de notre rêve en mutualisant notre confiance.
Bien sûr, ce n'est pas un poste de prof, mais je pense... sans vanité aucune (!) cocher toutes les cases des compétences requises : bonne présentation, diplomatie, sens du service, rigueur, dynamisme et disponibilité, sens de l'écoute et réactivité, discrétion, capacité à s'exprimer à l'oral, travail en équipe, connaissance de base des outils informatiques et audiovisuels - bonne maîtrise de l'anglais appréciée.
« Même pas peur », mais surtout je n'ai toujours pas de retour de mes autres demandes et je perds trop patience depuis ce midi, ak
P.-S. : tu es d'accord, mutualiser notre confiance, c'est bien montrer patte blanche ?!

*

dim 26 sept 18:45

J'AI TROUVÉ : tu es... mon 4e César ! Et donc en sursis jusqu'à vendredi car tu connais le sort de mes trophées. Après la visite au MUCEM, je veux bien encore partager avec toi le dernier repas du condamné, mais après, hop, je t'enferme à triple tour dans ma prison dorée. Quelle tragique ironie du destin, tu ne trouves pas ?! Ta louve, ak

P.-S. : un petit message dès que tu seras arrivé car je commence à trouver le temps long.

*

moimemegianni@gmail.com > Ak

Date dimanche 26 septembre ... à 20:34

J'arrive à l'instant et j'ai encore oublié mon portable à l'hôtel. Alors je ne suis plus aussi sûr que cela que tu me portes en vérité la baraka, comme je l'ai cru cet été, parce que deux pertes en deux mois ce n'est pas franchement rassurant. Bon, je te passe tous les détails, je viens d'avoir l'hôtel pour finir, ils vont chercher, et cerise sur le gâteau, le TGV qui s'est arrêté fait exprès un petit quart d'heure en rase campagne pour une opération colis piégé, penses-tu, une pauvre boîte de chocolats non étiquetée oubliée dans un casier à bagages.

P-S1 : j'espère que je n'ai pas manqué durant mon retour, à cause de ce maudit oubli, une analyse dissertée dont tu as évidemment le secret au sujet de notre dernier et ultime œil de fer, les réclamations n'étant plus acceptées.

P-S2 : par contre ta boîte de Salidou n'a pas survécu au quart d'heure en rase campagne !

*

akeita@orange.fr > g.esposito

Date : dimanche 26 septembre ... à 20:48

Ben si ! t'as tout manqué, enfin non, c'est aussi bien comme ça car ce n'était pas vraiment construit du tout, trop sponta-

né, plutôt quelques mots égrenés au-dessus du grand vide dans lequel m'a plongé ton départ et que j'ai gribouillés pour une fois, moi aussi ! Et je crois t'avoir déjà dit que je mettrai toujours un point d'honneur à ne jamais copier tes originaux illisibles dont je te laisse le secret.
Donc, tu oublies toutes ces bêtises car j'ai quelque chose de beaucoup plus important par contre à t'annoncer, ma véritable analyse dissertée qui vient de me traverser l'esprit à l'instant au sujet de notre ultime œil de fer, j'ai bien compris. Et pour une fois, elle est ultra courte :
J'ai trouvé le cadeau de mariage que je vais t'offrir ! Bisou inoubliable spécial jour baiser 5 étoiles,
P.-S. : pour ton portable, je croise mes doigts de fée Clochette.

*

moimemegianni@gmail.com > Ak
Date dimanche 26 septembre … à 20:57

Hélas, oublier toutes tes bêtises qui doivent être aussi savoureuses que tes Salidou, pas question, pas de coup de canif dans le contrat ! Je t'avais dit que dans notre comédie sentimentale on ne jetait rien et que j'en gérais le côté face, la facette thriller, soyons précis. Alors dès que j'aurai récupéré mon second cerveau je regarderai tes gribouillis avec toute l'attention qu'ils méritent.
P-S1 : merci pour l'aide précieuse de tes doigts magiques… mais l'hôtel vient de me rappeler. Pour l'instant, rien trouvé, et ils paraissaient encore plus ennuyés que moi de la situation. Ils sont top, trop gentils. Mais je ne désespère pas. J'égare souvent, mais je perds rarement.
P-S2 : pour le cadeau, fais gaffe, avec ton cerveau de dinosaure ne prévois pas naturellement trop gros, tu sais bien que les portes des salles de mariages sont toutes petites ! Le mien sera minuscule et sans étoiles pour être sûr que tu ne te dépêcheras pas de le mettre au coffre.

*

akeita@orange.fr > g.esposito
Date : dimanche 26 septembre … à 21:12

Je vais te croire peut-être ! Mais c'est promis, aussi gros soit-il, ce sera la seule exception que je t'accorderai de toute notre vie amoureuse, ton cadeau de mariage n'atterrira pas dans mon coffre !
Bonne nuit, tu dois être bien fatigué après cette journée pleine de rebondissements indépendants de ma volonté, s'ils sont de toute évidence le fruit de ta pauvre tête en l'air. Et je vais bientôt finir par t'appeler Petit Poucet si ça continue !
Quant à moi, en bonne fée sereine assurée de ses pouvoirs modestes mais efficaces, et habituée qu'elle est déjà à ta manie d'égarer tes affaires, je vais commencer à préparer mon cadeau qui va me prendre beaucoup de mon temps libre. J'oubliais en effet qu'il doit pouvoir passer par un trou de souriceau ! Ta petite souris du dimanche soir,
P.-S. : ta remarque sur les portes trop petites, pas marrante du tout ! Ressaisis-toi, je t'ai connu plus subtil.

*

moimemegianni@gmail.com > Ak
Date dimanche 26 septembre … à 21:23

Ne veille pas trop tard, sois une petite souris raisonnable pour la préparation de ton cadeau parce que le mariage, hum, ce n'est pas encore tout à fait pour demain ou je vais te dire comme toi : se marier alors qu'on se connaît depuis à peine cent jours, ça frise l'imposture ! Prenons notre temps, il ne faut pas que cela vire à l'obsession entre nous et nous vole tous nos moments de liberté !

*

akeita@orange.fr > g.esposito
Date : dimanche 26 septembre ... à 21:27

Notre mariage n'est peut-être pas tout à fait pour demain, mais on reparlera en tout cas... dès demain ! Je t'aime,

*

dim 26 sept 23:54

Merci bonne fée Clochette, vos modestes pouvoirs n'en sont pas moins d'une redoutable efficacité : mon portable m'est revenu... quand j'ai fini par vider ma valise pour la ranger. M'aviez-vous fait tourner la tête à la Caravelle ?! Vous me direz... Baisers tisane pour ne pas vous réveiller.
Peter Poucet

*

lun 27 sept 06:07

Trop cool ! L'ennuyeux, c'est que tu vas lire mes gribouillis ou même les as-tu déjà lus, quelle horreur ! Mais chut... *Petit* Pan dort encore, ak

*

moimemegianni@gmail.com > Ak
Date lundi 27 septembre ... à 10:22

Coucou, c'est moi,
Eh oui, j'ai tout lu et je t'ai trouvée très inspirée, d'où ce premier retour rapide car ce qui aurait été une véritable horreur, c'est de te faire encore attendre au-dessus du grand vide où t'avait laissé mon départ (hum, cela sent l'antijeu à plein nez !).

dim 26 sept 18:45

J'AI TROUVÉ : tu es... mon 4e César !
>>> Tu veux dire qu'à partir de maintenant je deviens... ta chose, vu le sort qui m'est promis, finir au coffre, jamais de la

vie, mais l'originalité de ta réplique mériterait effectivement un nouveau César. Je vais y réfléchir…

dim 26 sept 17:56

Je viens de postuler sur Internet pour un poste d'appariteur à Sciences Po à Paris… / date de début prévue : 02/11/ !

>>> Ça alors ! Mais tu veux dire que… ? Je te vois venir avec tes gros sabots, Dondaine ! À moins que je me trompe, on en reparle très vite…

dim 26 sept 16:25

… mais j'y repense, pour ce vendredi, notre match nul ne remet pas en cause notre visite au MUCEM !

>>> Non négociable en effet, je réserve les billets dès aujourd'hui.

dim 26 sept 15:07

P.-S. : excuse-moi simplement si je fais disparaître mes pupilles que j'ai confondues avec des boutons d'oreilles dans le coffre de ma grande famille…

>>> Bonne idée, puisque tu fais deux heureuses au lieu d'une : toi et notre grande famille à venir.

J'aimerais juste ajouter pour finir qu'en lisant ton analyse dissertée, la *Méditation de Thaïs* s'est imposée tendrement à mes oreilles. Me faut-il croire qu'elle en partage l'extrême sensibilité ?

Caresses en Ré majeur !

P.-S. : ne t'inquiète pas si je ne te réponds pas ce midi. Je déjeune avec un ami de la bande qui a horreur d'entendre sonner des portables pendant les repas !

*

lun 27 sept 10:47

Si tu commences à me caresser en Ré majeur, ça promet ! Aussi je vais me dépêcher d'écouter ta *Méditation* dont le nom ne me parle pas, mais je vais peut-être la reconnaître. Je veux surtout apprendre à ressentir son extrême sensibilité et voir si tu ne me flattes pas encore en parfait cajoleur que tu es ! À tout de suite, ak

*

akeita@orange.fr > g.esposito
Date : lundi 27 septembre ... à 11:28

Mission accomplie. Mais si tu veux mon avis, je vais être franche avec toi car j'ai bonne mémoire et me souviens que mon agent de sécurité m'a demandé de surveiller deux choses importantes à l'approche du baiser fatal : ma tendance involontaire à l'antijeu et à surjouer à contretemps à mesure que la température de l'anxiété augmente. Il ne me l'a pas dit comme ça, mais je l'ai deviné !
Aussi, je te demande de m'écouter sans me juger, je ne te reproche rien, je te donne juste mon sentiment.
Tu vois, ta *Méditation* m'est revenue en mémoire quand je l'ai écoutée, c'est un air qui m'a toujours émue les rares fois où je l'ai entendu. Mais il me dérange quelque part, à cause de son extrême sensibilité que je trouve d'une infinie tristesse et ça me gêne car il me semble justement à contre-temps. Tu comprends, je ne crois pas que mes élucubrations « au-dessus du vide » durant ton retour à Paris reflétaient ma tristesse, mais au contraire une excitation brouillonne, incontrôlée.
Et à cette gêne vient s'en ajouter une seconde dont j'ai longtemps hésité à te parler. J'ai commencé à la ressentir vendredi soir, au Queen, au moment de notre œil de fer. Oh, ne crois pas, ta crise de larmes n'y est pour rien. Par contre, depuis, une petite musique s'est mise en marche dans ma tête. Toutes tes répliques, comment te dire, je trouve qu'elles ont perdu de leur intensité, l'acteur me paraît un peu moins bon, un peu en-dessous, en manque d'inspiration. Mais je ne te reproche pas de surjouer, c'est différent. Je te sens à la fois plus proche de moi physiquement et bizarrement beaucoup plus

loin dans ta tête, comme si tu étais distrait, préoccupé tout à coup, que tu n'étais plus tout à fait dans ton texte, tu vois ?
Et ça, je ne pouvais te le cacher plus longtemps puisque tu l'as si bien dit, à l'approche du jour J, j'ai besoin d'un acteur hors catégorie pour espérer réussir à la perfection NOTRE « baiser intime, disserté et délicatement sucré » et remporter sans doute le César de ma vie.
Voilà, c'est dit ! Je ne sais pas comment nommer la sensibilité de ta voix, son timbre particulier. J'ai cherché et je dirais peut-être tout simplement que je la sens légèrement désaccordée depuis que tu m'as trouvé des yeux de louve. Bisou entier,
P.-S. : si vraiment tu apprécies la *Méditation de Thaïs*, nous pourrions prévoir d'échanger notre prochain baiser d'entraînement sur cette musique. Pourquoi pas ce vendredi juste avant, juste après la visite au MUCEM ?

*

lun 27 sept 11:42

On reparle de tout cela ce soir, parce que pour ne rien te cacher moi aussi, juste avant d'aller à mon déjeuner, et parfaitement conscient de mes talents mal assurés de maître de cérémonie, plutôt brouillons, je pensais te déléguer l'organisation « dissertée » de notre mariage qui a l'air de te passionner tout à coup dans les moindres détails ! Et je pensais encore me répéter en te disant cependant minute papillon parce qu'on a le temps et qu'il ne faut surtout pas nous précipiter... à contretemps.
Mais si ma voix te paraît désaccordée depuis ce vendredi, c'est peut-être une tout autre histoire qui vient de commencer entre nous.
Gianni

*

lun 27 sept 12:35

Comment « c'est peut-être une tout autre histoire qui vient de commencer entre nous » ? Ça veut dire quoi ? Encore un

gribouillis d'amour ?
Mais là j'ai vraiment l'impression qu'il sonne faux pour le coup. Tu me fais PEUR et c'est bien ce que je craignais, tu as compris tout de travers.
Je ne te reprochais rien, Gianni, je me suis adressée à toi avec de la complicité dans la voix, c'était du moins mon intention, comme une maîtresse de cérémonie justement qui avait devancé tes souhaits et qui, soucieuse de réussir parfaitement notre rêve d'amour, à commencer par notre mariage, te passait juste une main nerveuse sur une épaule de ton costume pour en chasser la moindre miette ou poussière venue se poser à cet endroit... à contretemps. Je t'aime tu sais, très fort, à ce soir, ak

*

lun 27 sept 13:33

Décidément, je fais n'importe quoi, je n'aurais pas dû te dire non plus que j'avais peur maintenant. Non, ce n'est pas ce que je voulais dire, cette peur en majuscules, c'est même tout le contraire de la peur, il faut bien que tu comprennes. C'est encore de la complicité, une complicité folle, si tu savais comme j'ai confiance en toi et je suis juste en train de retenir mon souffle, tu vois, comme si tu étais MON acrobate et que tu t'apprêtais à faire un saut de l'ange à une hauteur infinie. Peur que tu tombes, peur de te perdre, voilà tout. Ce n'est pas de la peur, c'est de l'appréhension, tu saisis, l'appréhension, c'est de la peur complice, de la peur qui exprime toute la confiance qu'on a en l'autre. Il faut absolument que tu comprennes Gianni, mon amour, j'ai une confiance illimitée en toi, nous réussirons notre pari sentimental, j'en suis sûre, ak

*

lun 27 sept 19:22

Je suis au Queen. Je voulais à tout prix me refaire le film précis de notre premier œil de fer. Je veux comprendre ce qui est arrivé, Gianni, ce qui nous est arrivé. Pourquoi tes sanglots ?

Pourquoi ta voix qui s'est soudain fêlée ? Car j'ai eu beau relire tout l'après-midi ce que tu m'avais écrit juste après, et sans vouloir de nouveau le moins du monde t'offenser, je ressens toujours la même chose, une ombre, un infime décalage avec la vérité. Comme si au moment où tu m'as révélé avec tes mots trop sucrés légendaires, des mots de gros gourmand, que tu venais d'avoir l'étrange certitude qu'entre nous ce serait désormais à la vie à la mort, que plus rien ne pourrait nous séparer, qu'il ne pouvait plus en être autrement... eh bien tu venais juste de lire, d'entrevoir le contraire dans mes yeux. Je vais rentrer, je ne sais plus quoi penser, Bisou irlandais, ak

*

lun 27 sept 20:27

Mariama Keïta, née le 17 avril 1966 ?

*

lun 27 sept 20:33

?????????????????????????????

*

lun 27 sept 20:38

Ce pourrait être ta mère ?

*

akeita@orange.fr > g.esposito
Date : lundi 27 septembre ... à 20:51

Oui mais là tu te tais, s'il te plaît. Qu'est-ce qui t'arrive Gianni ? On n'a jamais été si près du mariage, de toucher notre rêve du doigt, de le serrer dans nos bras, tu te rends compte ? C'est cela ta « tout autre histoire » ? Mais, tu joues à quoi tout à coup ? NON ! Gianni, on ne joue pas avec la famille, pas avec ma famille, d'accord ? Comme je m'interdirai toujours de jouer avec la tienne. Et puis je n'ai même pas à te deman-

der si tu es d'accord, même si tu ne l'es pas, c'est comme ça, non négociable ça aussi. Autant te prévenir car je ne veux pas que tu casses notre amour comme un enfant trop gâté, tu m'entends ? Il faut que tu le saches, je ne t'accorderai qu'un seul mot de travers, pas davantage.
Aussi je t'écoute si tu as quelque chose à me dire sur ma mère, sur toi, ton passé que tu portes comme une seconde peau pour ne pas m'en trahir le moindre mot, mais ne te presse surtout pas de me répondre, un mot c'est peu, c'est une poussière, une miette... la seule que j'accepterai sur ton costume de marié. Et dire que je t'aime ! Je suis folle,
P.-S. : tais-toi au moins jusqu'à vendredi soir si tu n'es pas sûr de toi, ne fais pas injure s'il te plaît à Rudy, maintiens le cap comme un authentique marin sauveteur breton face à la Méditerranée, fais un clin d'œil à notre Bonne Mère, tu n'es pas obligé de l'aimer, mais le respect n'a jamais tué personne.

*

moimemegianni@gmail.com > Ak
Date lundi 27 septembre ... à 23:58

Astou,
Je vais être brutal pour commencer, mais tu ne m'en laisses plus vraiment le choix. Parce que tes trois derniers sms qui ont suivi le mien, ce matin, quand je t'ai proposé d'en reparler ce soir, sont comme trois lames de rasoir qui viennent de me trancher les veines.
Et je n'espère qu'une chose, que tu m'aies dit la vérité il n'y a pas si longtemps quand tu m'as persuadé, fière de toi et tu avais raison de l'être, que tu te coucherais un peu moins conne parce que tu venais de mieux percevoir la différence entre un homme combattant, viril, et un être violent. Dans ce cas, tu me pardonneras cette brutalité et j'aurai la vie sauve.
Mais si tu m'as menti, je ne t'en voudrai pas, crois-moi, c'est la vie, ce sera ton mot de travers... à toi, parce qu'il faut être deux pour mentir n'est-ce pas, on ment toujours à l'autre,

même quand on se ment à soi-même, puisque dans ce cas on ment à son miroir, cet autre visage de soi dans lequel on ne se reconnaît pas.
Alors oui, je disais, si tu m'as menti je ne t'en voudrai pas, mais sache bien que je ne tarderai pas à le savoir et toi non plus, puisque toi et moi on se quittera en même temps, au même instant. Pas besoin d'au revoir ni d'adieu, oui, tu t'en tiendras à ta règle de louve, l'élégance de ta féminité, un mot de travers un point c'est tout ; et moi à ma virilité massive en ne t'offrant pas qu'un seul mot de travers, mais tout un bouquet, en parfait cajoleur, en parfait gribouilleur que j'ai toujours été et que je resterai, que veux-tu, à chacun sa règle d'or du cœur...

*

mar 28 sept 00:07
Blablablablablablabla tu n'es qu'un misérable je dors. ak

*

mar 28 sept 06:34
Odieux, c'est tout ce que tu es, un comédien qui déshonore la profession. Oser m'accuser de t'avoir tranché les veines, c'est odieux. Tu fais même honte à Sylvestre, tais-toi ! ak

*

moimemegianni@gmail.com > Ak
Date mardi 28 septembre ... à 07:38

C'est mon mot de travers, au prochain c'est d'accord, je perds ! Alors m'écouteras-tu au lieu de te monter la tête, je n'ai encore rien dit. Est-ce un crime d'avoir simplement prononcé le prénom de ta mère, sa date de naissance ? Est-ce jouer avec ta famille ? Mais si cela te met dans un pareil état, je ferme la parenthèse, ce que j'avais à te dire, le pourquoi véritable de la fêlure que tu as si finement remarquée dans ma voix, je le garderai pour moi. Et si tu persistes à me le reprocher, si

tu ne me juges plus digne d'être ton amoureux, le comédien hors catégorie que tu recherches pour remporter le César de ta vie, on redeviendra simplement bons amis ou on se quittera même si tu le désires, si je deviens pour toi insupportable. Je te le jure sur la tête de ta mère, de la mienne, je ne peux pas mieux dire, je te laisserai le dernier mot.
Je te laisse réfléchir le temps que tu voudras et maintenant j'aimerais simplement revenir sur mes deux interrogations d'hier que j'avais laissées en suspens.
Pour ce qui est de ton 4e César fleur venant récompenser l'originalité de ta réplique, j'ai trouvé ! Par contre, ton poste d'appariteur à Science Po m'a trotté dans la tête, surtout la date de début prévue. Est-ce que tu cherchais à me dire que le 2 novembre prochain, tu seras à Paris si ta candidature est retenue ? Mais dans ce cas, j'ai juste pensé que nous pourrions en profiter pour un troisième baiser d'entraînement, et c'est toi qui en fixerais la durée. Il te faudrait juste penser à amener ta toile de tente pour ne pas te retrouver à la rue le premier soir de ta vie parisienne... si la tanière d'un misérable comédien te faisait désormais horreur ! On ne sait jamais, tu risques d'avoir du mal à trouver un pied-à-terre bien situé, pas trop loin de l'institut. Sauf que pour le moment, on oublie bien sûr les plans sur la comète, je n'ai pas envie de te porter la poisse.
Caresses dans le sens du poil... tout au moins je l'espère,

*

akeita@orange.fr > g.esposito
Date : mardi 28 septembre ... à 08:19

C'est raté ! Me voilà tout échevelée. Tu vois bien, même caresser, tu ne sais plus faire. Plus qu'à te taire et mettre les mains dans les poches. Ne plus rien abîmer en voulant à tout prix toujours plaire afin de ne pas agrandir la fêlure.
P.-S.1 : Je voulais juste te dire que j'aurais tant aimé me marier avant le 2 novembre autour de Marseille, peut-être dans les

calanques de Cassis que tu as visitées, tu te souviens du cap Canaille j'espère, afin d'y inviter ma seule famille, celle du Bell'Vue, car après... bienvenue à Paris ! Je t'avais juste un peu menti quand j'ai dit que je venais de postuler dimanche, je connaissais la réponse depuis vendredi... Et je sais, je devine déjà ton avis, pardi, je bouscule le temps à contretemps. Mais c'est tant pis et je vais par prudence m'acheter une tente pour le cas où tu dirais d'ici là un mot de trop...
P.-S.2 : tu vois, cette part inouïe de notre rêve, c'est elle que tu risques de briser en parlant trop, mal à propos, de moi, de toi, de ma mère, de ton père, je ne sais pas. Aussi, tais-toi jusqu'à vendredi, je t'en supplie ou vas-y, je t'écoute, mais tu le sais, tu n'as plus de joker.

*

mar 28 sept 08:41

Si tu as déjà deviné mon avis, c'est qu'en réalité tu le partages à regret, je n'en doute pas. Tu sais déjà que ton idée de mariage dans les Calanques est juste impossible à réaliser vu le *timing* imposé. Par contre, ton 4e César fleur, que je t'apporterai ce vendredi devrait te permettre d'en organiser une répétition générale savamment dissertée avec toi dans le rôle de la maîtresse de cérémonie veillant sur les moindres détails pour que tout soit parfait ! Une sorte de mariage blanc en somme, en tenue décontractée, au bord de la grande bleue et dont le baiser nuptial choisi pourrait s'inspirer de celui que nous échangerons au MUCEM... si j'ai su tenir ma langue jusque-là, évidemment. Baiser azur,
Gianni
P-S : au fait, tu oublies la *Méditation de Thaïs* de Massenet et tu choisis ce qui te fait plaisir.

*

mar 28 sept 09:07

Là, tu n'as rien brisé puisque ton baiser azur m'a paru sans fêlure, mais je verrai si ton 4e César ne me mettra plus mal à

l'aise car sinon… ce sera le mot de trop, souviens-toi, puisque j'ai décidé qu'à partir de maintenant je guetterai le moindre faux pas de ta part. ak
P.-S. : Mariama est un joli prénom, si j'avais une fille…

*

mar 28 sept 11:27

Angelo est un joli prénom si nous avions un garçon…
G.
P-S : J'ai perdu ma mère il y a onze ans. Un matin, j'ai reçu un appel de mon père quand j'étais au conservatoire. Il était sur Paris et si j'étais libre à midi, nous pourrions déjeuner ensemble. Il a attendu que nous soyons assis en terrasse puis il m'a pris le bras, calmement, avant de m'annoncer la nouvelle sans verser une larme, une question d'honneur chez lui, un homme ne pleure pas face au malheur. Elle venait de se jeter sous un train.

*

mar 28 sept 11:36

C'était quoi son prénom ? Je t'aime, ak

*

mar 28 sept 11:41

Lucie.

*

mar 28 sept 11:46

C'est aussi un très joli prénom de fille ! ak

*

mar 28 sept 12:02

Elle m'avait envoyé une lettre pour m'expliquer sa décision d'en finir avec la vie. Je l'ai reçue le lendemain mais n'en ai jamais parlé à mon père. Et juste après, j'ai abandonné mes études de cinéma.

*

mar 28 sept 12:35
C'est la lettre que tu veux me faire lire ? Je t'aime, ak

*

mar 28 sept 12:43
Oui, simplement pour t'apporter la preuve que je ne t'ai pas menti.

*

mar 28 sept 12:49
Mais pourquoi tu me mentirais Gianni ? C'est trop grave ce que tu me racontes là de ton passé pour me mentir, tu le sais bien. On ne peut pas mentir sur ces choses-là. Et tu as abandonné tes études pour faire quoi, puisque c'est ta vie le cinéma, non ? Ou là je ne comprends plus rien tout à coup, je n'ai rien compris sur toi, dis-moi ? ak

*

mar 28 sept 12:55
On en reparlera samedi, je préfère t'obéir, obéir à ce que tu m'as dit hier soir. J'ai encore besoin de réfléchir, je ne veux surtout pas être cet enfant trop gâté qui casserait notre amour. Bon appétit si tu n'as pas déjà déjeuné sur le pouce.
Caresses gastronomiques,
G.

*

akeita@orange.fr > g.esposito
Date : mardi 28 septembre ... à 13:25

Ah non ! pas question, je ne vois pas pourquoi tu serais plus sûr samedi qu'aujourd'hui. C'est quoi un homme comme ça

à qui il faut toujours trois jours pour réfléchir sur des choses graves ! Tu as peur de pleurer, c'est ça ? Mais tu sais, tu peux me les dire en pleurant, toi tu n'es pas ton père.
Et si tu veux mon avis, même si tu ne le veux pas d'ailleurs je te le donne quand même, je trouve stupide ce code d'honneur chez un homme qui consiste à s'interdire de pleurer face au malheur ? Un homme qui pleure n'en est pas moins viril tu sais, pas à mes yeux en tout cas, et je te dirais même l'inverse, je te sers ma Tatin du jour : je pense qu'un homme qui s'interdit toujours de pleurer manque certainement de virilité.
Aussi, c'est tout simple dans ma tête, ou tu me dis tout ce que tu avais à me dire aujourd'hui, ou je ne viendrai pas vendredi au MUCEM. Même mieux, quittons-nous maintenant.
Après tout, vois-tu, la fêlure est revenue dans ta voix car si tu ne veux pas me parler, c'est que tes paroles manquaient tout simplement de vérité, qu'elles étaient encore désaccordées et je n'ai plus envie de les entendre plutôt que de m'attendre au pire, que tu mentes, tu peux entendre ça ?
Et ton 4e César, vois-tu, je m'en fiche aussi, ton mariage blanc en tenue décontractée, je m'en contrefiche, je me fiche de tout et même du baiser incontournable que je désirais hors catégorie, inimitable, sur une musique, une chanson que nous aurions choisie, je m'en fiche vraiment. À quoi bon ce baiser s'il est sans lendemain possible. Je t'écoute ou c'est fini entre nous, tu auras tout brisé et puis c'est tout. Et si c'est ce que tu veux, fais-le, je ne vais pas te retenir. Te retenir, tu te rends compte, de ça aussi je m'en fiche !

*

moimemegianni@gmail.com > Ak
Date mardi 28 septembre ... à 14:38

Le vrai malheur ce n'est pas mon passé, Astou, détrompe-toi et celui-ci, ne t'inquiète pas, je te le dirais même en pleurant peut-être si nous étions sur le Vieux-Port, à nous tenir la main ou face à face, je n'ai pas peur de pleurer. Non, le vrai malheur

est ailleurs, si tu venais au contraire au MUCEM ce vendredi, mais à contrecœur. Si tu acceptais ton 4e César, notre mariage blanc toujours à contrecœur. Parce qu'alors cela prouverait simplement que tu me jouerais la comédie de l'amour et de cela je ne veux pas, je ne voudrai jamais entre nous. Alors ce n'est pas grave si tu ne veux pas venir ce vendredi, j'irai peut-être seul au MUCEM, mais ne t'inquiète surtout pas, j'y serai en bonne compagnie avec Ricciotti.
Enfin, c'est de cette manière que je conçois, que « j'analyse » notre vie de couple, notre rêve d'Amour. La liberté d'expression doit y régner, toujours, savante, dissertée... métissée, envers et contre tout.
Un point c'est tout.
Alors si tu ne veux pas venir, surtout ne te force pas, fais-toi plaisir, en Amour tout doit n'être que désir et rien d'autre. C'est ainsi que je l'écris tout au moins dans mon esprit : avec une majuscule pour ne pas risquer de le confondre avec son faux frère méprisable à mes yeux, celui qui a perdu son âme, celui qui triche avec la liberté d'aimer.
Alors si tu ne viens pas, ce n'est pas grave, tu as compris. Il n'y a que le CHANTAGE qui est grave en Amour, celui qui consiste à mettre l'émotion du cœur dans la balance d'un commerçant, qui la transforme en une valeur marchande alors qu'elle n'a pas de prix et ne doit jamais en avoir un, surtout pas entre nous.
Et ce que tu viens de me dire, désolé, mais cela porte un nom, tu le sais mieux que moi maintenant.
Alors ce n'est vraiment pas un problème, je viendrai vendredi, et si tu n'es pas là je déposerai discrètement ton 4e César au Bell'Vue en rentrant du MUCEM. Et samedi, comme promis, je t'écrirai enfin ce que je désirais et désire encore te dire.
Caresse invendable,
P-S : par contre, si tu viens vendredi, au-delà de ton nouveau baiser d'entraînement que tu m'avais promis, je te proposerai une première répétition gribouillis de notre nuit de noces, sous les mêmes draps d'un même lit, toujours face au

Vieux-Port, au Pythéas, vendredi ou samedi soir ! Et je serais alors infiniment charmé si tu m'épargnais pour une fois ta ceinture de chasteté inviolable du Moyen Âge, fût-elle en or ou encore toute sucrée de diamants noirs...

*

akeita@orange.fr > g.esposito
Date : mardi 28 septembre ... à 19:05

Encore heureux que ta caresse soit invendable, c'est du toc, du bling-bling, de la poudre aux yeux, appelle-la comme tu veux, je ne viendrai pas vendredi au MUCEM.
P.-S. : le Pythéas ???

*

moimemegianni@gmail.com > Ak
Date mardi 28 septembre ... à 19:11

Oublie le Pythéas si tu ne viens pas vendredi.

*

akeita@orange.fr > g.esposito
Date : samedi 02 octobre ... à 13:14

Voilà, tu es content de toi je suppose, puisque tu as pu rencontrer Rudy ! Et moi figure-toi que je suis aussi très contente de moi car j'ai bien réfléchi ce vendredi. Quel bonheur d'avoir eu tout mon temps pour m'adonner à une réflexion dissertée de nos trois jours de... séparation. Et ce samedi matin voilà ce que j'ai fait avec la bénédiction de mon directeur. J'ai distribué à tout le Bell'Vue, à chacune, à chacun, un chagrin de fortune peut-être, je l'ignore, mais en tout cas un « confetti » je leur ai dit, pour faire la fête. Aussi, à tout le monde le même billet vert puisé dans ta grosse enveloppe kraft, un billet bien repassé, trop peut-être, on aurait dit qu'il était faux... Tu me feras damner.

Oh, une fête sans chichi, sans tape à l'œil, juste histoire que tous puissent s'offrir un verre, un peu plus, en l'honneur de notre mariage à venir quand je serai partie car je tenais à célébrer notre mariage avec ma famille, tu le sais. Tu vois, mon vœu irréaliste, c'est déjà du passé, mais la fête a eu lieu et tous les confettis verts qui restaient, je me suis dépêchée de les faire disparaître en souvenir dans mon grand coffre ! Même le baiser fatidique, je n'ai rien oublié. Je l'ai imaginé dans les calanques, au bord de l'eau à se couper tous les deux les pieds nus sur les coussins de moules accrochés aux rochers. Un baiser qui aurait pu durer toute l'éternité, mais que j'ai limité au temps de la *Méditation*. C'était grandiose dans ma tête.
Voilà, tu vois, j'ai coché la case du mariage blanc entre nous, et maintenant je t'écoute, tu m'avais dit samedi, nous y sommes. Bon appétit mon Amour, mon Chéri qui a horreur du chantage amoureux, tiens tiens, comme c'est bizarre, et peut-être à ce soir sous les mêmes draps car moi non plus je n'aime pas les hommes qui ne savent que parler de l'Amour, le tenir en otage, pour extorquer l'Innocence des femmes, leur beauté intérieure.

*

moimemegianni@gmail.com > Ak
Date samedi 02 octobre … à 17:15

La lettre de ma mère, c'est ce jour-là que j'ai compris ce qu'étaient des yeux de louve. Elle m'y expliquait qu'elle allait se tuer parce qu'elle ne supportait plus les *frasques* de mon père, cette maladie qu'il avait, une authentique *addiction*, comme une drogue, ce besoin de séduire des femmes avec un art *consommé*, c'étaient ses mots à elle, jusqu'à les coucher dans un lit, les *humilier*, en faire de *vulgaires traînées*.
Enfin, *Dieu que l'artiste était beau, dieu qu'il savait parler, manier la belle langue*, c'étaient encore ses mots à elle qui parlait déjà à l'imparfait. Et quand elle avait dit cela, elle avait tout dit en vérité.

Mais elle préféra encore me l'écrire afin d'éviter tout malentendu entre elle et moi. Elle ne parvenait pas malgré tout son courage à *détester* mon père, *prisonnière* qu'elle était entre *son désir de primer l'Artiste* qu'il était, *l'élève détrônant le maître*, de le récompenser dignement, lui décerner le prix de séduction qu'il méritait en tout bien tout honneur, et *la haine farouche* qu'elle ne pouvait plus réprimer *contre cette maladie incurable qui le rongeait*.
Alors elle préférait *partir* et le laisser en vie parce que malgré tout, *elle était persuadée qu'il ferait toujours un bon père*, un père *secourable* pour ce fils que j'étais parce qu'il avait de l'argent, beaucoup d'argent mais il avait encore cette qualité *indubitable* : il était d'un naturel *sincèrement généreux*.
Puis elle avait bifurqué, des souvenirs d'enfance qui lui remontaient sans doute en mémoire au moment où elle m'écrivait et qu'elle me léguait sans s'en apercevoir, elle qui ne m'en avait jamais parlé. Sa grand-mère qui avait travaillé chez une comtesse à Nice, *une dame de Castro*, et qui n'aurait jamais dû vivre, elle était si petite à sa naissance qu'elle aurait pu tenir dans une boîte à chaussures. Sans oublier l'histoire du fils de la comtesse, un vrai roman, qui était tombé amoureux de sa grand-mère...
Mais tu liras la suite de cette incroyable aventure dans la lettre que je te remettrai, c'est promis, dont je n'ai jamais su si ma mère Lucie avait dit vrai ou si son imagination était venue prêter à sa grand-mère un destin héroïque qu'elle aurait voulu pouvoir vivre elle aussi. Cette aïeule incorruptible qui avait su dire NON à son *maître jouvenceau*, à son *charme*, à sa *fortune*, à son *verbe*, de peur qu'il ne s'en serve en vérité qu'à la manière des rois d'autrefois, qu'il finisse par l'*humilier*. Il est vrai que ce mot revenait comme un refrain sourd dans son récit...
P-S : la suite dans moins d'une heure, c'est promis.

*

akeita@orange.fr > g.esposito
Date : samedi 02 octobre ... à 17:39

Non, ta mère ne mentait pas, j'en suis sûre. Et je l'admire car dis-toi que je ne serais pas prête à endurer le quart de la moitié du tiers de ce qu'elle a enduré. Moi, je peux te dire que ton père, je l'aurais trucidé bien avant qu'il m'humilie de manière inhumaine et qu'il aurait fini la tête au bout d'une pique comme au « bon vieux temps » de la Révolution. Te voilà averti si, des fois, monsieur rêvait à un destin de roi cruel ! Je n'accepterai qu'un bon roi Dagobert vu que, sans mettre encore ta culotte à l'envers, tu te trompes souvent de taille en achetant tes pantalons ou dans la température de lavage... Même si je suis ravie depuis que tu es revenu à Marseille qu'IZAC t'habille aux couleurs de mes yeux. Je t'aime, bisou,

*

moimemegianni@gmail.com > Ak
Date samedi 02 octobre ... à 17:46

Alors, tu comprendras peut-être mieux cette fois pourquoi j'avais interrompu mes études pour devenir... *séducteur... vert luisant*, c'est pareil, dans les souterrains de la Police Judiciaire. Je voulais réparer ce qu'avait détruit Angelo, je ne parvenais plus à appeler mon père autrement que par son prénom, tenter de sauver des vies, me servir dignement de son pouvoir de séduction monstrueux dont il avait fallu que j'hérite sans le savoir à ma naissance en même temps que sa fortune familiale vénitienne, insondable, mouvante, avec ses reflets trompeurs, envoûtants, comme les eaux du Grand Canal de sa ville natale. Et quand tu es entrée dans ma vie, le problème, c'est que j'en étais resté là.

*

akeita@orange.fr > g.esposito
Date : samedi 02 octobre … à 17:56

Non mais ! c'est la meilleure celle-là, tu me plonges brusquement dans les souterrains de ta Police Judiciaire où tu serais séducteur, ver luisant, c'est quoi ce délire, et tu aimerais que je comprenne du premier coup ? Déjà que ta Police et moi, tu le sais bien, c'est la même chose que si je te parlais par exemple sans prévenir, pour reprendre mon exemple du roi Dagobert, de température du linge en machine, de la manière de régler un programme de lavage pour ne pas transformer des pantalons en culottes courtes. Tu veux me dire que ton job dont tu semblais si fier, c'est comme à la télé, tu travailles en vérité dans la police, et pourquoi pas tant qu'on y est au 36 Quai des Orfèvres ?! Déjà que les *thrillers* et ces histoires de crimes ne m'intéressent pas du tout, ne me dis pas qu'en vérité tu bosses toi aussi dans ce milieu plutôt glauque. Tu ne veux pas me dire quand même que toute cette histoire de comédie sentimentale que tu rêvais de jouer avec moi, tu me la jouais en vérité dans mon dos depuis le premier jour où on s'est rencontrés ?

*

moimemegianni@gmail.com > Ak
Date samedi 02 octobre … à 18:03

Et pourtant si, j'ai tout de suite pensé dès nos premiers échanges que tu étais une enfant surdouée, pas besoin de te répéter souvent les choses deux fois, tu captes vite comme tu dis. Mais attends, laisse-moi le temps de finir mon histoire sans m'interrompre ou je vais perdre le fil. Et surtout, plus de chantage entre nous, promis ? Je t'aime moi aussi, ne l'oublie pas.

*

akeita@orange.fr > g.esposito
Date : samedi 02 octobre ... à 18:09

Alors fais vite et je te le rappelle, pas un mot de travers car je suis en train de voir rouge, et même bleu et blanc en même temps ! Pour un peu je prendrais le premier taxi du Vieux-Port pour aller à Paris te trucider à l'ancienne tu vois, en te passant la tête à la guillotine.

*

moimemegianni@gmail.com > Ak
Date samedi 02 octobre ... à 18:27

Je n'en attendrais pas moins de ta part si je le méritais et je t'offrirais même le voyage pour que tu me trucides comme tu dis au plus vite sans pitié et qu'on n'en parle plus. Dis-toi que je le ferais, et je t'économiserais même tout déplacement parce que c'est moi qui viendrais illico à Marseille, crois-moi, mais laisse-moi finir mon récit s'il te plaît pour l'instant.

Alors oui, depuis ton premier état d'âme du 15 juin, je suis entré dans mon rôle souterrain de ver luisant, de séducteur-né et j'ai eu presque coup sur coup deux intuitions. Je savais que tu aurais la trempe de me « trucider » si jamais je dérapais avec toi, si j'abusais de ton innocence et que deux, tu serais ma dernière oie blanche, ma dernière victime sacrifiée pour tenter de redonner leur dignité à d'autres, encore plus abîmées, plus cabossées que toi par la vie.
Et peu de temps après l'épisode du sac à linge sale, là, ce ne fut plus une intuition qui m'a traversé brutalement l'esprit, mais bien une certitude. Ce serait toi la femme de ma vie et pas une autre, si je devais un jour oser en séduire une sans craindre de l'humilier, de violer sa confiance.
Mais j'ai dû attendre longtemps, très longtemps le moyen d'y parvenir enfin. Jusqu'au jour où tu m'as expliqué, tu te souviens, immergée complètement que tu étais dans ta sincérité,

la différence que tu venais de faire entre un être violent et un autre viril. C'était le 19 septembre.
C'est ce jour-là que j'ai compris réellement qu'entre nous ce serait réellement à la vie à la mort, même si je n'ai osé t'en parler que le vendredi au Queen, à travers une histoire inventée parce que c'est la spécialité d'un ver luisant, d'un séducteur, une ancienne amie m'avait même traité de vert galant, que d'inventer des histoires, d'enrober certaines vérités dans un papier cadeau pour protéger leur nudité encore fragile, trop exposée et qui risque encore d'être humiliée.
C'est ainsi, c'est la vie comme on dit et je crois que j'en ai terminé avec la longue histoire de mon passé, en espérant avoir tout au moins été assez clair afin que tu puisses y croire cette fois pour de bon, en toute confiance, sans chercher à comprendre parce que tu te sens en sécurité avec moi... Disons avec ton célibataire endurci avec lequel toi aussi tu as su ruser à la perfection, entrer dans ton rôle de séductrice aguerrie pour qu'il saisisse enfin comme toi à cet instant, si tu me fais confiance, peut-être encore confusément sous forme d'une intuition, ce qu'un poète tout à la fois critique et écrivain m'a appris dans une autre vie : que « comprendre dans certains cas, c'est oublier d'aimer ».
Et je te laisse retrouver son nom si tu ne le sais pas, peut-on espérer un jour tout connaître, puisqu'il faut bien qu'entre nous nous commencions à nous poser quelques devinettes les jours de fête, pour entraîner notre esprit à toujours s'émerveiller de la richesse des mots d'Amour quand ils sont prononcés par des êtres qui ont une âme, une belle intelligence, une certaine générosité d'esprit propre à certaines femmes, à certains hommes, aux seuls êtres réellement humains en somme. Ces êtres qu'un autre regard généreux, celui d'une jeune écrivaine contemporaine cette fois dont tu sauras retrouver également le nom, m'a appris à reconnaître en regardant leurs yeux... pour voir s'il y plane un désir d'aventure...
Je t'attendrai ce soir au Pythéas, jusqu'à l'aube s'il le faut parce que pour moi c'est jour de fête, pour te raconter des

devinettes, pour que tu m'en racontes ! Mais attention, souviens-toi, ne viens pas si tu ton cœur te dit non, n'y va pas ! PRENDS TON TEMPS, en Amour j'en ai fait un mot d'ordre, un symbole de liberté sentimentale.

*

akeita@orange.fr > g.esposito
Date : samedi 02 octobre ... à 19:24

Ouf, je suis au Queen, et je ne rentrerai pas ce soir à la maison puisque je suis attendue quelque part, près du Vieux-Port, par un ver luisant ! Mais ne crois pas pour autant que le grand jour est arrivé et que tous tes désirs vont se voir exaucés. Et si c'est jour de fête pour toi, ce ne sera qu'une petite récréation, et pas davantage.
En effet, j'ai bien tout vérifié et s'il est vrai que je trouve que ta voix a retrouvé de son piquant, qu'elle sonne de plus en plus juste depuis ce samedi, j'ai tout de même relu posément ton mail de 18:20 pour en soupeser la résistance, et je me suis aperçue qu'il présentait encore, hélas, une faiblesse coupable. L'effet d'un enthousiasme débordant, si fier d'avoir pu te libérer enfin du poids de ton passé ? Peut-être, mais dans ce cas que veux-tu que j'y fasse, tu m'as rendu une copie inachevée car je ne sais toujours pas pourquoi tu as commencé ton récit en me jetant sous les yeux le prénom de ma mère, sa date de naissance ? Comme je ne sais toujours pas pourquoi tu as soudain jeté ton dévolu sur moi le 15 juin dernier en débarquant au Bell'Vue. En résumé, pourquoi m'as-tu séduite ? Et c'est ennuyeux cette chose-là car tu m'avais promis de tout me dire en moins d'une heure et tu n'as pas respecté ton contrat.
Aussi, pour la répétition de notre nuit de noces, je crains que ce ne soit non pour cette fois. Mais je viendrai pour un nouveau baiser d'entraînement et ce soir, prépare-toi, ce sera sur la polonaise militaire de Chopin dont j'ai trouvé que le rythme enlevé traduisait assez bien ta vigueur retrouvée,

celle de ta voix de nouveau bien posée... puisque tu as l'air d'aimer la musique classique, la musique à l'ancienne. Et après, nous pourrons passer ensemble la nuit sous les mêmes draps jusqu'à l'aube, si tu le souhaites, mais tout habillés, à nous raconter simplement des devinettes puis dormir côte à côte.

Mais pour ne rien te cacher je fais semblant de rire, au fond de moi cette drôle d'histoire du séducteur souterrain qui séduit une oie blanche me rend anxieuse. Je ne veux pas que tes paroles me rendent encore honteuse maintenant que je suis si près de serrer avec toi mon bonheur dans les bras. Bisou en La majeur pour cette fois.

*

moimemegianni@gmail.com > Ak
Date samedi 02 octobre ... à 19:36

Mon oubli, c'était peut-être parce que j'avais encore peur de te rendre de nouveau honteuse...

Alors pourquoi avoir eu pour mission de séduire une employée d'étage au Bell'vue ? Il me semblait que tu avais pourtant deviné il n'y a pas si longtemps après ta pêche aux renseignements concernant le *sérial killer* du Vieux-Port. Tu m'avais dit t'être renseignée mais avoir commencé à gamberger en voyant l'âge des victimes... qui était proche de celui que pouvait avoir... ton père. Et là je m'étais dit elle a « tilté », mais elle ne veut rien me dire, surtout pas m'en parler, risquer de mettre sa mère en difficulté.

En vérité, très vite plusieurs noms ont percé et le profil du tueur s'est rapidement orienté vers le milieu de la prostitution, les rumeurs que tu avais entendues étaient vraies, une possible vengeance d'une fille désireuse de mettre elle aussi, avec de l'aide, les papiers de son passé en ordre avant de prendre sa retraite ou de donner son préavis. Parce qu'elles y ont droit comme tout le monde après tout. Et il a fallu que l'une d'elles ait tenu un petit carnet intime qui a matché...

Mais la suite, c'est dommage je sais, tu vas peut-être m'en vouloir, crier à l'humiliation, mais je ne peux rien te dire de plus précis à ce stade de l'enquête tant que je serai séducteur, ver luisant. Cependant, dès que j'aurai comme toi donné mon préavis, c'est promis, je te dirai exactement le pourquoi du comment tout en pouvant te donner mon intuition du moment. Je ne pense pas que ta mère puisse être inquiétée parce qu'elle t'aime trop pour avoir risqué justement de t'humilier en salissant le nom qu'elle t'a donné. Quant à toi, je sais depuis moins de deux heures que tu serais peut-être de nature plus impulsive que je ne l'imaginais et que j'ai en tout cas intérêt à filer droit si je veux garder ma tête sur les épaules !
Cette fois, j'ai bien relu, je crois avoir tout dit ce que je pouvais te dire et si ce n'est pas encore assez, je ne sais plus trop ce que je pourrais faire pour toi, pour gagner ta confiance, à moins que tu me laisses encore un peu de temps pour y réfléchir...
Enfin, je croise les doigts, je veux encore y croire. À tout de suite si je n'ai pas trop démérité ce soir à tes yeux exigeants, mais généreux j'en suis sûr...
P-S : j'aimerais juste savoir s'il est trop tard pour toi, si tu as déjà picoré quelque chose au Queen ou si je peux te rejoindre sans cela d'ici une demi-heure ?
Et pour en venir à la répétition de ton baiser militaire, au lieu de rester au Queen après avoir grignoté, nous pourrions peut-être retourner au Pythéas ?

*

akeita@orange.fr > g.esposito
Date : samedi 02 octobre ... à 19:54

Mon Amour,
Je sais, je vais peut-être encore te décevoir même si, tu l'auras remarqué, j'ai maintenu la majuscule à ce bien curieux séducteur que tu es, ce ver luisant que j'ai appris à aimer par-dessus tout alors qu'il m'espionnait à demi-mot. Quel destin étrange nous guettait au Bell'Vue toi et moi pour veil-

ler sur nous deux, assurer nos deux vies contre les accidents bêtes ? Et toutes ces cajoleries que tu as pu me dire depuis 107 jours, j'ai compté. Et moi qui ai marché au pas de l'oie, encore un jeu de mots facile, mais avec toi tout le devient, même quand on tire un passé trop lesté comme moi, qui nous empêche de prendre notre envol sur les eaux claires d'un étang, du Vieux-Port, j'ai eu cette chance, je te l'ai déjà dit.
Mais vois-tu, c'est comme si je venais soudain de trouver un trésor, tout ça c'est trop brutal pour que je puisse éprouver autre chose qu'un grand doute, immense, qui m'envahit, me racornit, je rentre en moi comme une tortue apeurée rentre la tête dans sa carapace. Car voilà qu'au moment où je commençais timidement à ressortir enfin la mienne, ton passé vient de poser son pied énorme de géant lui aussi, là, tout à côté de ma maison et j'ai peur à nouveau. Peur qu'il m'écrase. Et tu m'avais presque rassuré quand celui d'un autre géant (ton histoire de PJ, de ver luisant) est venu se planter lui aussi sous mes yeux, tu le sais bien, un *thriller* glaçant dans lequel ma mère pourrait tenir l'un des premiers seconds rôles et toi le premier des premiers dans la peau d'un séducteur, sans discussion possible.
Aussi pardonne-moi, je suis comme ça, la comédienne traqueuse de notre comédie sentimentale et ce soir, ne m'en veux pas, mais je ne monterai pas sur les planches du Pythéas et je te demande de ne pas me rejoindre non plus sur celles du Queen. J'ai besoin de reprendre confiance, tout ça est si récent, et savoir maintenant débrouiller le vrai du faux dans les salves de mots d'un vert luisant... Moi qui brûlais d'impatience de te rejoindre sous les draps, de précipiter notre mariage, voilà que tout à coup, devant mon cocktail j'ai envie d'obéir à ton mot d'ordre amoureux, envie de prendre mon temps, de ne pas non plus brusquer le tien, et surtout j'éprouve le désir de protéger notre union du moindre accident bête car je la veux confiante, parfaite, sentimentale, sans qu'aucune poussière, brindille nichée sur une épaule ne risque d'en ternir la parfaite insouciance.

Et si tu m'autorises ce contretemps, demain nous pourrions si tu le veux voler un peu de temps au Bell'Vue avec la permission du directeur pour aller partager mon baiser militaire au bord de l'eau, notre baiser « blanc », pieds-nus dans les calanques. Peut-être nous les couper sur les coussins de moules, mais ce n'est pas trop sûr, je ne sais pas s'ils peuplent encore fièrement les rochers car je n'y suis allée qu'une fois dans mon enfance. Je vais rentrer. Je t'aime.
P.-S. : il faudrait encore que je te dise, mais je préfère te l'écrire, et ça va prendre un peu de temps !

*

moimemegianni@gmail.com > Ak
Date samedi 02 octobre ... à 20:41

À midi, la maîtresse de cérémonie avait dit détester les hommes qui ne font que parler d'amour à qui voulait l'entendre.
Ce soir, elle congédie son Amour prétextant une migraine sentimentale, puisqu'il faut bien savoir un jour appeler les choses simplement par leur nom !
Dois-je me mettre à crier, jouer les humiliés face à tant d'inconstance ? Ou dois-je me rappeler qu'effectivement, j'ai dit moi-même, il n'y a pas huit jours, accorder grâce à tous ces tourbillons de vent qui agitent les belles âmes quand elles sont amoureuses. Ou, à le dire autrement, à condition bien sûr qu'une oie blanche en soit la juste cause !
Alors je dépose les armes de la violence et reprends ma bonne vieille virilité massive, mes rondeurs légendaires de bon roi Dagobert.
Et puisque Madame, en bonne maîtresse méticuleuse qu'elle est, m'accorde un peu de temps libre en vérité, je vais en profiter pour écrire à ma mie...

Je voulais juste te dire encore, tant pis je prends le risque, pour tenter de faire fuir les pieds de géants qui font peur à ma petite dinosaure, que ma mission de séducteur dans les couloirs de la PJ n'a pas grande importance et qu'il ne faut surtout pas que tu en fasses une maladie, elle n'en vaut pas la peine. Tu sais, elle se réduit pour finir à un maigre rapport, puisqu'il me faut simplement répondre par exemple aujourd'hui par oui ou par non à deux questions qui interrogent mon intuition :

1. Pensez-vous que Mariama Keïta doit être mise en examen ?
2. Pensez-vous que sa fille Astou doit l'être également ?

C'est écrit autrement, mais le sens est le même. Rien d'autre, parce que je te l'ai dit, c'est un sous-métier de taupe, de ver de terre qu'exerce en vérité un séducteur, un métier souterrain dont personne n'entendra jamais parler et qui n'est jamais qu'un maillon d'une longue chaîne de décisions qui lui échappe complètement. Savoir si ses rapports seront lus, il n'en sait rien, savoir s'il sera suivi dans ses intuitions, encore moins puisqu'il n'est qu'un pantin dans l'organisation centrale de la PJ. D'abord, il n'est pas tout seul à faire des taupinières et ce n'est pas lui qui tire les ficelles, d'autres personnes tirent plutôt sur les siennes.

Alors je peux simplement te dire que ce soir j'ai répondu NON aux deux questions après avoir lu ton mail de 19:54, soyons précis. Et si tu ne me crois pas, sait-on jamais... j'ai déjà prévu de t'envoyer une copie de mon rapport dès que je rentre sur Paris. Maintenant libre à toi de croire enfin, de ne toujours pas croire ton ver luisant du Bell'Vue, je t'enverrai encore la copie intégrale de mon acte de naissance, puisque j'ai vérifié qu'elle faisait partie des quatre documents incontournables pour se marier. Et tu pourras ainsi vérifier que je ne t'ai pas menti quand je t'ai avoué que j'avais su très vite après le 15 juin que tu serais ma dernière victime. Tu n'auras en effet aucune peine à vérifier qu'à partir du 22 juin tu connaissais mon vrai prénom et le 24 juillet mon nom, chose qu'on ne doit jamais faire normalement sur le terrain, « le théâtre des opérations ».

Ces quelques lignes, c'était simplement pour te dire que ma mission s'arrêtait à cette heure, lundi je serai un homme libre, j'envoie mon préavis.
Caresses un peu terreuses, la maîtresse de cérémonie, je sais, ne sera pas contente !
P-S1 : pour le rapport, on est d'accord, à ne diffuser sous aucun prétexte, sa publicité pourrait me faire beaucoup de torts ! Idem pour tout ce que j'ai pu te dire sur ma vie souterraine.
P-S2 : c'est ok pour demain, je passe te prendre à midi devant le Bell'Vue ? Et retour 14 heures au plus tard sinon je raterai mon train !
P-S3 : je voulais encore te dire, pour le cas où tu tarderais à trouver un sommeil paisible sans moi sous les mêmes draps, que je n'ai jamais parlé à qui que ce soit ni écrit quoi que ce soit dans les souterrains de la PJ concernant ton passé familial ? Cela, je l'ai gardé pour moi, c'est ton intimité, pas touche. C'est la seule force des séducteurs, des vers luisants, tous des vers de terre, ils disent et écrivent ce qu'ils veulent et savent aussi se taire, parce qu'à force de remuer beaucoup de terre ils savent que des innocents, hommes, femmes, enfants, hélas, peuvent tuer parfois, la potion très amère du destin, et qu'il n'est pas utile par conséquent de prendre le moindre risque de les humilier, d'en faire des criminels.

*

akeita@orange.fr > g.esposito
Date : samedi 02 octobre … à 21:39

STOP !
C'est bon, cette fois je crois que ça suffit car je commence à bien comprendre qu'avec toi, j'en n'aurai jamais fini. Et c'est peut-être ça tout simplement Aimer ? « C'est vivre dans l'anxiété », comme dit Rudy. Je serai sur le qui-vive toute ma vie, toujours à m'inquiéter pour ta sécurité, pour celle de ton verbe aux couleurs changeantes, chatoyantes et parfois grises, un gris acier qui me tourmente, à toujours guetter si

les mots que roule le Grand Canal de ta Venise héréditaire sont des messages d'Amour, de vérité, de doux mensonges pour réparer, cicatriser ou s'ils mentent tout simplement, cruels, cyniques, parfois jusqu'au délire... effrontément !
Et regarde, tu as bien fait de ne pas venir, ma pleine confiance que je t'accorde là, tout de suite, à partir de cette heure, il est 20h17 à ma montre, et que tu peux donc toucher du regard, vise un peu de ton œil d'Architecte, c'est la plus belle des courbes de mon corps. Une confiance ouverte, infaillible, un amour de liberté, dont j'ai eu l'intuition depuis longtemps en réalité (penses-tu ! mardi dernier !), lorsque tu m'as offert ta caresse invendable.
Te souviens-tu de cette *clé de voûte*, je me suis renseignée sur le vocabulaire des tailleurs de pierre ? Celle des plans que tu m'as dessinés et que tu avais enveloppée dans une telle caresse ? Celle du château fabuleux qu'un bon roi Dagobert plutôt matheux se devait d'offrir à sa Princesse au petit pois plutôt littéraire, sans vanité et sincère, on ne discute pas ?!
Aussi, depuis ce jour, depuis cette pierre... si précieuse, car sans elle tout s'écroule — pas de chantage affectif entre nous — j'ai l'impression que les plans de notre château sont achevés, que nous avons joué le dernier plan-séquence de notre comédie sentimentale et que nous ne faisons l'un et l'autre que retarder comme on peut l'écriture du mot FIN de peur que ce mot ne marque aussi le terme de notre aventure épistolaire pour le dire à l'ancienne, j'aurais pu dire notre aventure en 2D. Car toi et moi, allez, nous savons très bien maintenant que notre rêve ne peut, lui, s'arrêter à de simples plans, si enchanteurs soient-ils. Nous savons mieux que personne que pour ne pas risquer d'humilier notre Amour, ne pas le briser bêtement en n'en faisant qu'une chimère, un rêve avorté, il va nous falloir sans plus tarder nous atteler à sa réalisation 3D, passer de nos rôles d'amants à ceux autrement périlleux de parents « psychopathes » dirait Rudy pour fonder ma grande famille puisque tu n'as pas ton mot à dire...
Mais juste avant, je crois que maintenant je peux bien te le

dire, en vérité moi aussi je suis une séductrice, un ver luisant… dans une vie parallèle à celle que je mène encore pour quelque temps au Bell'Vue, avant celle qui m'attend à Science Po… Bisou miroir.

*

moimemegianni@gmail.com > Ak
Date samedi 02 octobre … à 21:53

Parce que tu crois peut-être que je vais te croire ! Toi, séductrice ? L'erreur de casting est manifeste, je ne me souviens pas avoir écrit cette réplique dans le scénario !
P-S1 : Si j'ai bien compris, notre comédie sentimentale serait sur le point de s'achever parce que le ver luisant, la séductrice que tu serais en réalité en aurait décidé ainsi, pressée qu'elle serait d'en venir à la réalisation de son rêve drap de bain. Mais comme tout cela me paraît surjoué ! Horriblement surjoué tout à coup ! Et si tu ne surjoues pas un max, je dirais même que ce serait dans ce cas désespérant. Au moment où je te croyais devenue une actrice professionnelle à part entière, voilà que tu serais revenue à la case départ !
P-S2 : il faudra que tu m'expliques cette étrange pulsion de manière dissertée, plus tu surjoues et plus le désir me vient, immédiat, impérieux de te récompenser. Alors que veux-tu, va pour ton 5e et dernier César fleur pour la « séductrice » sortie tout droit de ton imagination, et ne vient pas encore rouscailler, celui-ci tout de même tu l'as vraiment mérité ! Encore que pour la première fois mon cœur balance. Me faut-il récompenser ta manière « délirante » de surjouer car me faire ce coup-là, il fallait vraiment oser, ou dois-je être plutôt sensible à l'art solaire d'une amante idéale qui vient de me découvrir sans doute la plus belle des courbes qu'un corps féminin puisse avoir en m'accordant sa pleine confiance ?!
P-S3 : j'y repense, j'ai oublié de te dire que dans une seconde vie, je m'adonne à une danse complètement démodée quand j'en ai l'occasion, plutôt rare il est vrai. Alors, que dirais-tu si

ton 5e César, pour une fois, nous le partagions en Autriche, puisque après tout nous ne formerons plus qu'un le jour de sa remise. Si nous choisissions par exemple Vienne pour y « valser » notre lune de miel, un court exil dansant, loin du monde branché ? J'aimerais pouvoir y danser à l'ancienne au bal des confiseurs avec toi comme égérie de l'élégance féminine, puisque nous sommes gourmands, juste pour la gloire d'effleurer les parquets impériaux de la Holfburg, ne savoir compter que jusqu'à trois, perdre la tête en se fixant des yeux.

*

akeita@orange.fr > g.esposito
Date : samedi 02 octobre … à 22:08

Je suis hyperpressée et je reprends tes post-scriptum un par un :
P.-S. 1 : je te laisse à tes illusions, tu verras bien.
P.-S.2 : pour l'analyse dissertée de ta pulsion, elle attendra puisque de toute façon notre comédie sentimentale s'achève, même si tu n'y crois pas, donc plus de César à distribuer et si tu insistes malgré tout, je pense que seul un art divinatoire pourra venir à bout de ce toc ridicule complètement irrationnel, et le choix ne manque pas : mélomancie, aspergomancie sinon chasmimancie… j'ai regardé un peu, dépaysement garanti, je t'assure !
P.-S.3 : oui, à condition d'avoir pris quelques cours auparavant si tu ne veux pas avoir à ramasser l'élégance de ma féminité à la petite cuillère sur tes parquets impériaux et si notre nuit de noces a été incomparable, une pure merveille ! Je crois donc que ton idée de répétitions gribouillis à prévoir sous les draps, évidemment, n'était pas si bête que ça après tout… et ce soir il est peut-être encore temps si tu veux.
P.-S.4 : j'ai trouvé tes deux devinettes, Fernando et Leïla…

*

moimemegianni@gmail.com > Ak
Date samedi 02 octobre ... à 22:24

Bravo pour les devinettes ! Quant à moi, je ne suis pas assuré que tu ne surjoues pas de manière « aléatoire » (!), je verrai ce que je verrai comme tu dis et j'ai opté d'autre part pour un choix raisonné : je vais tester l'aspergomancie. Avec un peu de chance, je pourrai manger des asperges en plein hiver à défaut de me défaire de ma pulsion.
Arrivé là en tout cas, si tu as désormais une confiance « aveugle » en moi, puisqu'elle est ouverte, infaillible, plus rien ne devrait empêcher que nous répétions notre nuit de noces dès ce soir... Et pourtant, me voilà obligé de te dire non. La faute à qui ? À la maîtresse de cérémonie qui, primo, aurait déjà dû savoir modérer son niveau d'exigence, ce qui manifestement n'est pas son fort. Et qui, secundo, s'est montrée trop laxiste côté sécurité, ce qui mériterait son licenciement immédiat parce qu'on ne plaisante pas avec cette chose-là dans le clan Esposito. Sauf si c'est encore là une des ruses de Madame pour tester la virilité massive de son petit ver de terre ! Voyons voir tout cela de plus près.
Eh oui, si tu rêves de passer une nuit de noces incomparable, nous n'avons plus hélas qu'un choix possible pour nos répétitions : ne pas en faire du tout et l'attendre sagement chacun dans son lit ! En effet, si tu y penses bien, une chose n'est incomparable que si elle n'existe qu'à un seul exemplaire. Sinon, c'est fichu, elle sera toujours mieux ou moins bien, sinon égale à une autre et même dans ce dernier cas, elle n'est plus incomparable. Question élémentaire de... mathématiques, miss Watson, il fallait bien que le matheux vous rafraîchisse la mémoire ! Par conséquent, je te laisse en tirer la seule solution qui me reste si je veux être sûr que tu seras parfaitement ravie de nos ébats amoureux le jour J.
Après, une conséquence en appelant une autre, pour ce soir on oublie, comme j'ai dit ! À moins que tu acceptes de partager ma chambre au Pythéas mais pas les mêmes draps,

puisqu'il s'y trouve heureusement deux lits simples. Car je tire là encore la sonnette d'alarme vu que tu ne sais encore rien de moi ou si peu. Et tout à l'heure, je ne t'ai invitée à venir me rejoindre sous les draps que pour tester ta prudence. Qui te dit en effet que je ne suis pas un *serial killer* sous mes dehors très fréquentables ? La nuit, le proverbe le dit, tous les chats sont gris et il faut redoubler d'attention. Bien sûr tu peux toujours dire qu'à force de fréquenter les souterrains de la PJ je suis devenu parano et tu as sans doute un peu raison. On finit tous par le devenir tôt ou tard si on n'apprend pas à se protéger contre les saloperies inhumaines dans notre meilleur des mondes. Je ne vais donc pas te faire la leçon, tu es bien assez grande pour te la faire toute seule puisque tu marches sans talons. Alors je vais garder mes fantasmes pour moi, mais pour ce soir, je vais redire comme toi tout à l'heure, je préfère que chacun reste chez soi. Et toi qui te disais traqueuse, tu vois, je le suis encore beaucoup plus que toi... pour toi ! Et maintenant une petite devinette pour te souhaiter bonne nuit : quel est le nombre record de nos échanges aujourd'hui ?
Caresses tous risques

*

akeita@orange.fr > g.esposito
Date : samedi 02 octobre ... à 22:55

Eh bien non ! tu ne vas pas recommencer, tu gardes tes fantasmes pour toi comme tu l'as si bien dit et tu viens sans tarder m'enlever dans tes bras ou plutôt c'est moi qui viens au Pythéas par souci de sécurité, j'ai trouvé son adresse, comme ça tu ne connaîtras pas encore la mienne ! Je veux coucher avec toi ce soir, chacun dans son lit si tu veux, mais ensemble, dans la même chambre, afin de partager un début d'intimité. Tu me verras une petite tenue et moi de même. Bien sûr, je ne veux pas t'agresser ni violer ton regard chaste de célibataire endurci qui s'est tout de même un peu ramolli, avoue-le,

et moi je garderai ma culotte, mais je suis curieuse, vois-tu, de te voir en caleçon, voir la couleur qui aura eu ta préférence ce soir !
Aussi, pas question de céder, je coucherai avec toi cette nuit au Pythéas qui demeure encore secret pour moi. Et si j'insiste, crois-moi, ce n'est pas juste pour faire l'amour comme tu crois, c'est aussi pour t'inviter à tourner cette fois définitivement la page de ton passé.
Ton célibat, j'ai compris quand tu m'as lu en quelque sorte la lettre de ta mère. Le jeune Gianni a dû se faire ce serment de célibat à 22 ans, car il ne voulait surtout pas faire souffrir, risquer d'humilier une fille, une femme comme son père l'avait fait avec sa mère. Jamais ! Et alors tu as fait comme moi à 18, tu as dit des horreurs à ton père, emporté par ta virilité massive, mais contrairement à moi, ton serment de célibat, tu ne le lui as pas jeté à la figure, tu te l'es fait en toi-même, avec ce soupçon d'élégance féminine, cette douceur qui te caractérise, qui se lit dans tes yeux. Toi ! tu resterais célibataire et lui, le vénitien qui ne jurait que par la *famiglia, gli eredi*, tu le priverais d'un petit-fils, d'une petite-fille et même tu ne sortirais avec aucune fille, tu aurais même pu décider de finir ta vie dans un monastère. C'est la haine qui commande dans ces moments-là et je sais de quoi je parle, crois-moi. Mais ce soir, tu me connais maintenant, tu sais très bien que tu es incapable de me faire du mal puisque tu sais justement la limite qui existe entre la violence et la force virile, que tu as le souci de réparer plus tard la vieillesse quand elle s'invitera dans notre couple et pour les enfants, dis-moi simplement que tu les aimes, ça me suffit, la maîtresse de cérémonie va s'occuper du reste.
Voilà, c'est drôle maintenant, cette impression que j'ai que nos manières de parler, d'écrire finissent par se confondre, qu'il n'y a plus de fêlure dans ta voix et que tu m'as permis de refermer celle qui voilait le timbre de la mienne. Aussi, c'est pour tout ça que je ne veux pas céder. On couche dans nos petits lits séparés, mais ensemble, « chez toi » !

Et si tu n'acceptes pas, je comprendrai. Je comprendrai qu'entre nous, depuis le 15 juin, nous n'avons rien construit de sérieux ensemble, nous n'avons fait que jouer, construire des châteaux de sable sur les bords d'une plage. Mais je comprendrai surtout qu'avec toi, je ne pourrai jamais réaliser mon rêve, juste faire et refaire des châteaux de sable, que la paranoïa dont tu viens de me parler, tu n'as pas su t'en protéger, elle t'a broyé. C'est tout. Et dans ce cas, j'en tirerai les conséquences inévitables.
Mais ne crois pas, j'ai appris beaucoup de choses à ton contact et la clé de voûte de notre rêve, je la connais et sache qu'il n'entre pas le moindre chantage dans ma voix à cet instant. Tu es quelqu'un de bien, Gianni, et même de très bien, de si précieux, tu vois, que je n'ai qu'une envie, te faire disparaître dans le coffre de NOTRE grande famille, mais qui n'a pas de barreaux celui-ci, qui n'a rien d'une prison dorée en vérité. Notre rêve, je veux juste qu'il ressemble plutôt à une bergerie toujours ouverte, un refuge contre la pluie, le froid, la misère et beaucoup d'autres choses, vois-tu, tout ce qui prive d'amour et empêche plus tard ces petits êtres qui ont trop vécu de privations de devenir des femmes, des hommes, des êtres humains qui s'aiment enfin d'Amour, la majuscule a beaucoup d'importance.
Voilà, toujours mes « voilà », Tu dois me trouver bien bavarde ce soir mais j'avais besoin de te dire ça, ce que mon travail amateur de séductrice, de ver luisant m'a permis de comprendre à force de me frotter à toi, de te fréquenter, de te... séduire, mais sans violence je l'espère du fond du cœur. Et si tu veux savoir pour qui travaillait ce ver de terre du Bell'Vue, qui tirait ses ficelles, tu n'as qu'à me donner encore un peu de temps, ce soir, pour t'en parler peut-être jusqu'à l'aube, avant de t'abandonner lâchement pour aller au travail. Je suis une louve, tu sais... c'est toi qui me l'as dit. Un dernier mot, pense à sortir ton parapluie, je t'envoie à l'instant une averse de bisous.
P.-S.1 : tu vois, je ne t'ai pas menti, je suis bien une séductrice,

un ver luisant moi aussi, non ?!
P.S.2 : 16 à nous deux, ce n'est pas beaucoup.

*

moimemegianni@gmail.com > Ak
Date samedi 02 octobre … à 23:06

Eh bien OUI ! tu n'as qu'à venir, que veux-tu que je te dise d'autre, cajoleuse en 3D, modèle… 5G et j'en passe… Bref, si toutefois ma louve de cérémonie se dépêche :
1. de me donner auparavant le nom de son tireur de ficelles, n'est-ce pas mam'zelle la séductrice du Bell'Vue, tu m'as bien eu, plates excuses, ce que tu viens de dire sur moi, c'est du travail de pro que seul un ver luisant authentique pouvait réaliser. Mais avec ma parano, je me méfie malgré tout des *serial killeuses* en talons plats qui parlent un peu trop bien pour être autre chose que des bourreaux… ou pour le dire à l'ancienne des *bourrelles des cœurs* !
2. de prendre un taxi pour venir, elle ne vient pas à pied.
3. de me promettre de ne pas me parler toute la nuit une fois dans son petit lit !
Excuse, je n'ai pas ouvert mon parapluie, tu me trouveras tout trempé.

*

akeita@orange.fr > g.esposito
Date : samedi 02 octobre … à 23:39

URGENT !
Mon tireur de ficelles, si tu veux vraiment savoir, comment te dire, ce n'est pas comme dans ta PJ, ses moyens sont beaucoup plus réduits. C'est la même personne qui tire les ficelles, donne les ordres en somme avant de les exécuter, d'exercer au besoin le job de ver luisant. Un talent d'amateur en tout cas, qui essaie de mettre la culture d'un art au service de victimes pour tenter de sauver leur dignité au moyen d'une simple dé-

dicace face à un destin qui les piétine. C'est ce qu'elle appelle donner une âme à son Violon d'Ingres. Et cette même personne, c'est moi, tout simplement.

Ce que je peux simplement te dire, c'est que je suis également une fondue d'écriture... sans vanité. J'aime écrire dans une autre vie, à côté de mon job de tous les jours.

Une simple passion que j'ai depuis toute petite, je me raconte des histoires, enfin des histoires que j'aime, je te l'ai dit, je préfère les comédies sentimentales, les histoires d'amour, c'est peut-être une manière toute personnelle de répéter, de disserter, faire les plans avec une solide clé de voûte du rêve d'Amour que je veux vivre.

Et puis, il y a moins d'un an maintenant, j'ai promis à une amie qui vient d'attraper une « saloperie » de maladie que j'allais écrire un beau roman d'amour que je lui dédierai afin que son prénom fasse le tour de France des librairies et peut-être davantage.

Si jamais bien sûr je trouvais pour une fois un éditeur qui accepterait de publier mes gribouillis d'Amour ! Car j'ai tout de suite su quand tu as inventé cette expression, par l'effet de ma puissante intuition de séductrice évidemment, qu'elle deviendrait le titre de ma promesse d'écriture.

Et après, mon intuition légendaire a fait le reste. J'ai guetté mon héros, un séducteur, un vrai, peut-être le plus grand pour faire honneur à mon amie, qui saurait me donner la réplique dans un roman réduit à sa plus simple expression, sans décor littéraire habituel, un simple badinage plutôt décontracté, peu de lettres échangées mais beaucoup de pianotages obsessionnels sur des smartphones, des ordis, des tablettes peut-être car je n'avais pas le temps en vérité d'écrire un beau roman traditionnel, la maladie qui me prenait de court, qui me dictait son tempo infernal.

Tu te rends compte, en moins d'un an, une fille à peine plus âgée que moi qui se statufie sous mes yeux, un ange à qui la maladie a arraché, une à une, avec un soin cruel, toutes les plumes blanches de ses ailes et qui ne peut plus s'envoler

aujourd'hui rejoindre les nuages et même encore plus haut, toucher le bord du ciel, cloué qu'il est dans un lit d'hôpital à attendre que la mort vienne le délivrer de cette horreur de vivre.
Et moi avec mon innocence qui veut croire de toutes mes forces que lorsqu'elle verra son prénom écrit et voyager dans mon roman, le miracle va se produire, elle va guérir !
Voilà, maintenant tu sais donc tout de mon commanditaire, le tireur de ficelles c'était lui, cet impossible pari littéraire en réalité qui m'a poussée à te séduire au Bell'Vue. Et il y a une chose dont je suis très fière. Grâce à toi j'ai pu écrire mon livre en très peu de temps, à peine 100 jours quand j'y repense, et tu me pardonneras si, habilement, j'ai tout fait pour qu'on s'écrive, qu'on ne se parle pas au téléphone, j'en avais besoin pour relever mon défi.
Et peut-être que pfff, dans quelques jours je ne serai plus là sur ton smartphone pour te cajoler, en essayant de le faire sans trop surjouer pour ne pas t'humilier. Peut-être que ce soir sera la première et la dernière nuit où nous coucherons « sagement » ensemble. Peut-être que ce lundi, après avoir rendu moi aussi mon rapport, mon manuscrit, je t'oublierai et repartirai seule, *poor lonesome writer,* sur le sentier de ma passion de jeunesse que je poursuivrai car il y a toujours à réparer comme dit Rudy, des plaies à cicatriser autour de nous, de petits anges privés injustement de leurs ailes immaculées, toujours de nouvelles missions qui attendent les vers luisants de la littérature.
Oui, tous ces *peut-être* auraient pu demain devenir réalité... si tu n'avais pas été tout à fait à la hauteur, si je n'avais pas trouvé l'acteur « hors catégorie » que tu désespérais même devenir pour faire rêver ma Cricri, lui rendre son panache en faisant en sorte que son prénom ne se perde pas dans la nuit de la maladie. Aussi ce lundi je ne ferai sans doute pas comme toi, la séductrice que je suis ne donnera pas son préavis, mais elle te promet que sa seconde vie ne l'empêchera pas de partager après ce soir le même lit, les mêmes draps que toi

et qu'il n'est pas question du tout qu'elle t'oublie !
P.-S.1 : une simple question si tu peux me répondre malgré ton devoir de réserve m'as-tu dit : est-ce que ta PJ a retrouvé ma mère ?
P.-S2 : j'oubliais, mon cadeau de mariage, je n'ai finalement rien trouvé d'autre à t'offrir que le roman promis à mon amie, les plans de notre château fabuleux... qu'il nous reste à construire maintenant, NOTRE comédie sentimentale où tu pourras lire son prénom en dédicace, découvrir Leïla et Fernando en maîtres de cérémonie, reconnaître ton forfait d'imposteur, y lire toutes tes cajoleries de *séducteur* et découvrir de belles images qui seront mes bons points à l'ancienne pour te récompenser d'avoir si bien joué ton rôle.

*

moimemegianni@gmail.com > Ak
Date samedi 02 octobre ... à 23:51

Prends ton temps. Je t'attendrai toute la nuit s'il le faut, mais sois prudente. Avec ce que tu viens de me dire, ne cherche pas à gagner quelques secondes alors que tu tiens presque ton pari. Pense à ton amie, au roman, il faut qu'elle puisse le tenir bientôt sous ses yeux pour y lire son prénom et on ne sait jamais... j'espère comme toi, même innocence, qu'un miracle se produira. Je te le souhaite pour ne pas en dire plus parce qu'il est inutile de surjouer bêtement pour la gloire.
J'aimerais juste ajouter une toute petite chose avant que tu ne viennes coucher « chez moi », même si je ne devrais pas te le dire.
Si j'ai dû enquêter à ma manière sur ta maman Mariama, c'était parce que son nom figurait dans le petit calepin d'une de ses copines de fortune de l'époque qui avait cru bon de sauver une bribe d'échange à la sauvette où elle racontait que ta mère se plaignait d'un client qui « l'embêtait », lui « faisait peur » dans ce langage du milieu qui ne perd pas son élégance malgré la condition qui lui est faite.

Et tu n'auras aucun mal à imaginer ce que masquaient ses mots si doux pour parler de l'horreur.
P-S1 : je crois qu'il est temps de passer aux choses sérieuses si toi aussi tu désires... tourner la page. Pour cette année on range nos seaux de plages, on admire le beau château de sable, le beau plan d'amour que nous avons bâti tous les deux en cent jours et si je peux me permettre moi aussi de jouer les maîtres de cérémonie, dès lundi je m'attaque à sa réalisation... à notre mariage. Mais je peux déjà t'en tracer les grandes lignes : je m'occupe de la paperasserie, on se dit oui à Paris entre deux témoins à définir, un tout petit baiser complice à la mairie. Pas de banquet grandiose à prévoir, deux simples invitations envoyées à Mariama et Angelo, un simple petit repas de famille à quatre, on ne laissera déjà pas nos témoins mourir de faim, cinq ou six on verra, ce sera la surprise, et juste après on s'envole où tu sais pour le Baiser sur une valse de Vienne, notre nuit de noces impériale et peut-être plus si affinités ! Et toi, dans tout cela, en parfaite maîtresse de cérémonie, tu gères tous les détails ! J'en ai oublié un de taille : la pierre angulaire, à toi de la trouver... c'est ma devinette de la nuit.
Si tu es d'accord avec cette cérémonie « sans chichi » tu me réponds juste oui, cela me suffira pour lancer les hostilités, excuse-moi je me trompe, les festivités, ton baiser militaire qui doit me trotter dans la tête !
P-S2 : oui, la PJ a retrouvé ta mère sans qu'on puisse connaître son adresse, question de déontologie, mais promis, un ami... souterrain acceptera de lui transmettre l'invitation pour notre mariage, quoi qu'il advienne.
P-S3 : j'y repense, mam'zelle la littéraire, pour le roman, il faudra peut-être changer nos prénoms...
P-S4 : pour l'acteur hors catégorie, attention au carton rouge de maître D. à moins que tu reconnaisses simplement que tu es toi aussi, en vérité, une fille extraordinaire !
Baisers d'Amour,

*

akeita@orange.fr > g.esposito
Date : dimanche 03 octobre ... à 00:07

OUI OUI OUI, Je t'aime !

De la part de la maîtresse de cérémonie, un minuscule aperçu concernant les baisers de notre valse nuptiale, de notre *Symphonie sentimentale* :
Le tout petit baiser complice dans la salle de mariage : sur LOVE de Nat King Cole,
Le Baiser sur une valse de Vienne ? Hum... je croyais que la valse était réservée à notre lune de miel, après notre mariage, mais de toute façon j'ai trop peur de l'accident bête, une vilaine chute même avec mes talons plats : je préfère qu'on s'embrasse longuement au moment d'inaugurer notre nuit de noces sur MA GÉNÉRATION d'Abbas Abbas, mon Prince du Sahel...
J'arrive ! Bisou tout court,
P.-S. 1 : pour ta devinette de minuit, je donne ma langue au chat, tu m'expliqueras !
P.-S.2 : au fait ton gage skis aux pieds malgré le match nul ? J'aimerais bien cet hiver mettre avec toi le nez dans la neige sans être prise au piège...
P.-S.3 : changer les prénoms, oui, bien sûr.
P.-S.4 : juste te dire encore Gianni que je vais devoir hélas interrompre notre roman d'Amour, en écrire ici le mot FIN si je veux espérer trouver un éditeur le plus tôt possible. J'aimerais tant que ma Cricri puisse au moins assister au départ de son prénom pour le tour de France que je lui ai promis...
Je t'aime,

***

Aix-les-Bains,
La Riviera des Ahlpes
31 octobre 2021

Imprimé en France - R_44724 - 14110 Condé-sur-Noireau
RapidBook, une marque du Groupe Corlet Imprimeur